KB134607

이나래 소설

ㅈㄱ거래

밀싱
링크

차
례

프롤로그
중고 거래

　중고 거래에서 일어날 수 있는 범죄는 무엇이 있을까? 보통 돈만 받고 잠적하거나, 택배 상자에 물건 대신 벽돌을 넣어 보내는 걸 생각하기 마련이다. 아니면 하자 있는 물건을 파는 양심 없는 판매자 정도? 경찰 공무원 준비 3년 차 김신우는 얄팍한 사기에 쉽게 당할 사람이 아니었다. 아침에 눈 뜨고 일어나 잠들 때까지 달달 외우는 형법 기본서에도 분명히 나와 있다. 사람을 기망하여 재물의 교부를 받거나 재산상의 이익을 취한 자는 10년 이하의 징역 또는 2천만 원 이하의 벌금에 처한다고. 그러나 법은 멀고, 사기꾼은 가까이 있다. 이런 놈들을 피하기 위해서 중고 거래는 무조건 직거래가 답이다. 동네 사람과 직접 만나는 중고 거래 앱 '지금거래'가 유명해진 이유였다.

신우는 한 달 앞으로 다가온 경찰 공무원 시험을 위해 막판 스퍼트를 올리고 있었다. 모의고사 문제 풀이 강의를 보던 중 태블릿PC가 꺼지더니, 고장 나버렸다. 태블릿PC 없이 공부할 수 없어 곧바로 '지금거래'앱을 켰다. 어차피 인터넷 강의나 유튜브를 볼 용도라서 고사양일 필요는 없지만, 싸구려 해외 제품을 사고 싶진 않았다. 중고 매물을 둘러보던 신우의 눈에 아주 저렴한 태블릿PC가 들어왔다. 평균 시세가 40만원인데, 20만원에 올라왔다. 무려 반값이었다. 신우는 판매 게시글을 클릭했다.

CPA 준비하다가 포기하게 돼서 팝니다. 어려운 환경에서 시험 준비하시는 분께 저렴하게 팔게요. 직거래만 가능

글과 함께 올라온 사진 속 태블릿PC의 상태는 S급이었다. 이 정도면 개봉만 하고 미사용품이라고 봐도 손색없을 정도다. 고시생에게 저렴하게 판다니, 딱 신우를 위

한 물건이었다. 다른 사람에게 팔릴까봐 재빨리 채팅 메시지를 보냈다.

　합격하자 : 태블릿PC 팔렸나요?
　nagro 　 : 어떤 시험을 준비하고 계신가요? 어려운 환경에서 공부하시는 분께 팔고 싶어서요.
　합격하자 : 경찰 공무원 준비 중입니다ㅠㅠ 친구도 만나지 않고 고시텔에서 공부 중이에요… 시험이 한 달 남아서 모의고사 인강 보는 용도로 사고 싶어요. 점수가 합격선을 왔다 갔다 하고 있거든요. 부모님 못 뵌 지도 2년이 넘었는데 이번에는 시험에 붙어서 효도하고 싶네요. 저한테 꼭 좀 팔아주세요.

　신우는 구구절절 사연을 이야기했다. 평균 시세의 반값이니 많은 사람이 채팅 메시지를 보냈을 건 자명했다. 그중 눈에 띄려면 얼마나 힘든 상황인지 어필할 필요가 있었다. 여기에 부모님 이야기까지 첨가했으니 완벽했다. 거짓말은 아니었다. 시험을 준비하면서 명절이나 부모님 생신에도 집에 내려가지 못한지 꽤 됐다.

nagro : 행운빌라 2단지 앞에서 만나요. 제가 시간이 지금밖에 없는데 바로 나올 수 있어요? 아니면 다른 분께 팔고요.

현재 시간 오전 1시 10분. 그러나 거절할 수 없었다. 혹시 마음이 바뀔까봐 신우는 곧바로 답장했다.

합격하자 : 바로 갈게요.

신우는 캡모자를 깊게 눌러썼다. 오래 안 감아서 떡진 머리카락을 감추기 위함이었다. 덥수룩한 수염이라도 깎을까 싶었는데, 어두워서 안 보일 것 같아서 그냥 나왔다. 그의 집에서 행운빌라 2단지까지 걸어서 20분이 걸렸다. 중심 상권에서 꽤 걸어들어와야 하는 이곳은, 재건축 승인이 나면서 세입자들 대부분 이사를 간 상태였다. 늦은 밤, 지나가는 사람 하나 없는 빌라단지는 을씨년스러웠다.

판매글은 낚시고 이대로 바람맞히는 건 아니겠지? 신우는 약속 시간이 다가오자 불안한 생각이 들었다. 걱정도 잠시, 저 멀리 걸어오는 인영(人影)이 보였다. 중고 거래는 첫 만남이 참 어색했다. 걸어오는 모습을 계속 쳐다보는 것도 민망해서 신우는 애꿎은 핸드폰만 바라봤다. 그러나 신경은 온통 판매자에게 향해있었다. 저벅, 저벅, 저벅. 발소리가 점점 커지고, 인기척이 코앞에서 느껴졌다.

"지금거래 맞으세요?"

듣기 좋은 저음의 목소리에 신우가 고개를 들어 인사했다.

"네, 안녕하세요."

남자를 본 신우가 굽은 허리와 어깨를 곧게 폈다. 그의 키가 상당히 컸기 때문이다. 신우의 키는 177cm로 평균보다 큰 편인데도 남자를 올려다봐야 했다. 190cm에 육박하는 남자는 몸도 다부졌다. 신우는 경찰 공무원 체력 시험 만점을 노릴 정도로 몸에 자신이 있었지만 그 앞에서는 기가 죽었다. CPA 준비생이라길래 공부만 한 줄 알았는데 의외였다.

남자는 사람 좋은 미소를 지으며 태블릿 PC를 건넸다. 신우는 태블릿 PC를 꼼꼼하게 살폈다. 외관부터 확인한 뒤, 제대로 작동하는지 보려는데 전원이 꺼져있었다. 부팅을 하려고 전원 버튼을 꾹 누르자 배터리가 0%라는 안내 문구가 떴다. 전자제품은 외관보다 작동이 잘 되는지 확인하는 게 더 중요했다. 가격이 너무 싸다고 생각했더니, 고장 난 전자제품을 팔기 위한 신종 사기 수법인가. 신우는 탐탁지 않은 표정을 지으며 입을 열었다.

"충전이 안 되어있는데요."

"그래요? 그럴 리가 없는데…"

남자가 태블릿PC를 받았다. 전원 버튼을 길게 누르자 역시 배터리가 0%라는 문구가 나왔다. 신우가 한숨을 내쉬었다.

"전자제품이라 작동이 잘 되는지 확인해 봐야하는데…"

이거 사기꾼 아니야? 신우가 의심스러운 눈빛으로 남자를 쳐다봤다. 아무리 반값이라고 해도 태블릿PC 전원을 켜보지 않고 가져갈 수는 없었다. 난처한 표정으로 태블릿PC를 보던 남자가 손짓으로 행운빌라를 가리키며 말했다.

"여기가 저희 집인데 잠깐 같이 들어가서 충전할까요?"

"집에요?"

"네. 급속충전기 꽂으면 금방 충전돼요."

남자의 제안에 신우는 고개를 끄덕였다. 충전을 해준다는 말에 신뢰도가 상승했다. 새 제품이나 다름없는 태블릿PC를 이렇게 저렴하게 사다니, 운이 좋았다. 남자를 따라 들어간 행운빌라는 엘리베이터가 없어 계단으로 올라가야 했다. 3층에 멈춰 선 남자가 도어락을 비밀번호를 눌렀다. 현관문이 열리고 깔끔한 집안 내부가 보였다. 신우가 신발을 벗고 안으로 들어갈지, 아니면 현관에서 기다릴지 고민하는데 남자가 친절히 말을 걸었다.

"들어오세요."

"그럼 실례하겠습니다."

신우는 신발을 벗고 거실 한구석에 어색하게 서 있었다. 남자는 식탁 위에 놓인 충전기와 태블릿PC를 연결했다. 그리고 냉장고에서 포도 맛 탄산음료캔을 꺼냈다. 치익, 캔 뚜껑 따는 소리에 신우가 쳐다봤다.

"음료수 드세요."

남자는 뚜껑을 딴 음료캔을 건넸다. 신우는 두 손을 저으며 거절했다.

"괜찮아요. 제가 탄산을 안 좋아해요."

"그래요? 그럼 물이라도 드릴까요?"

"아뇨, 괜찮은데…"

신우의 말이 끝나기도 전에, 남자는 다시 냉장고 문을 열어 생수통을 꺼냈다. 식탁 위에 놓인 컵에 물을 따라 재차 권했다.

"여기요."

"아, 감사합니다…"

결국 신우는 컵을 받았다. 목이 마르지 않아 마시지 않고 손에 들고 있었다. 남자는 신우의 손에 들린 컵을 빤히 쳐다보았다. 무신경한 신우는 눈길을 알아채지 못하고 컵을 식탁 위에 올려두었다. 바로 옆에 놓인 태블릿PC 전원을 누르자 부팅됐다.

"이제 켜지네요."

신우는 태블릿PC에서 눈을 떼지 않았다. 액정 파손이나 디스플레이 결함이 있진 않은지 집중해서 살펴보았다. 제조사 로고가 뜨고, 메인화면이 정상적으로 나왔다. 터치 패드에 문제가 없나 설치된 앱을 눌러보다가, 실수로 사진 갤러리를 클릭했다.

"어…?"

갤러리 속 사진을 본 신우는 자신도 모르게 소리를 냈다. 미리보기로 뜬 작은 이미지 9장에는 재갈을 물고 있는 사람들의 모습이 담겨있었다. 단발머리 여자, 민머리 남자, 곱슬머리 남자 등 각기 다른 사람이었다. 납치나 감금이라는 표현이 어울리는 구도와 자세였다. 깜짝 놀라서 가만히 있으니, 절전모드가 돼 액정이 까맣게 변했다. 검은 액정 화면에 신우의 얼굴이 비쳤다. 정적이 흘렀다.

"문제 있어요?"

신우는 바로 뒤에서 들리는 남자의 목소리에 몸이 굳어버렸다. 영화 포스터나 인터넷에서 다운로드 받은 사진이겠지. 신우는 애써 긍정적으로 생각하려고 노력했다. 하나 확실한 건, 이곳을 빨리 나가야 할 것 같은 기분이 들었다. 아무것도 못 본 것처럼 물건을 사고 나간다. 이 상황에서 할 수 있는 최고의 선택이었다.

"아, 아뇨. 문제 없, 윽!"

신우의 말이 끝나기 전에 탄성 로프가 목을 졸랐다. 남자는 줄이 더 팽팽해지도록 양손에 힘을 주고 당겼다. 순식간에 일어난 일에 속수무책으로 당했다. 신우가 몸을 뒤로 젖히지 못하게 남자가 몸을 바짝 붙였다. 진퇴

양난이었다.

"커컥! 커억…"

신우의 손에 들려있던 태블릿PC가 거실 바닥으로 떨어졌다. 남자의 두 손을 주먹으로 내려쳤지만 꼼짝하지 않았다. 탄성 로프는 얇은 피부를 파고들어 경동맥을 압박했다. 뇌로 가는 혈액이 급감하며 정신이 혼미해지기 시작했다. 격렬하게 발버둥을 치던 신우의 움직임이 점점 둔해졌다. 핏줄이 터진 두 눈이 천천히 감겼다.

그제야 남자는 양손에 힘을 풀었다. 쿵! 탄성 로프에 목이 졸려 떠 있었던 신우의 몸이 바닥으로 쓰러졌다. 남자는 바닥에 떨어진 태블릿PC를 주워 테이블 위에 올렸다. 주머니 속에서 핸드폰을 꺼내 쓰러진 신우의 사진을 찍고, 문자 메시지를 작성해 전송했다.

20대남 입고

문자메시지를 전송하자마자 답메시지가 도착했다.

송선생님 고생 많으셨어요.

메시지를 확인한 남자는 핸드폰을 주머니에 넣었다.
이제, '물건'을 정리할 시간이었다.

1 운화병원의 비밀

서울 북부에 위치한 운화병원은 작은 규모의 이비인후과이다. 동종 병원은 여름에는 냉방병 환자, 겨울에는 독감 환자, 환절기에는 알레르기 환자로 넘쳐난다고 하지만 운화병원은 그렇지 않았다. 길 건너 큰 규모의 종합병원과 바로 옆 건물에는 TV에 출연한 명의가 진료를 보는 이비인후과가 있었기 때문이다. 운화병원을 찾는 환자들은 대부분 다른 병원에 갔다가 어마어마한 대기인원에 질려서온 사람들이었다. 사계절 파리만 날리다 보니 주민들은 금방 망할 거라고 생각했다. 아예 틀린 말은 아니었다. 불과 3년 전까지만 해도 만성 적자로 폐업위기에 처했었으니까. 운화병원이 재기에 성공한 데에는 일급 영업비밀이 있었다. 이 방법으로 단 3개월 만에 흑자 전환에 성공했다.

운화병원의 지상과 지하는 양지와 음지였다. 흔히 병원을 사람 살리는 곳으로 생각하지만 이곳은 제로섬 게임이었다. 플러스 마이너스 제로, 누군가를 살리기 위해서는 희생이 필요했다. 때로는 한 사람의 희생이 여럿을 살리기도 했다.

지상에서 근무하는 이들은 지하에서 무슨 일이 일어나는지 몰랐지만, 지하에서 근무하는 자들은 지상의 일을 알고 있었다. 영업비밀을 지키기 위해 어쩔 수 없는 일이었다. 막대한 부를 가진 자들이 소개받고 오는 곳으로 은밀하게 운영되어야 했다.

영란은 운화병원의 상담실장이다. 빳빳하게 다림질된 근무복, 잔머리가 삐져나오지 않게 단정하게 올려묶은 머리는 그의 트레이드마크였다. 하루도 빼지 않고 달고 다니는 '상담실장 박영란'이라는 명찰을 보고 지상에서도 '실장님'이라고 불렀다. 성형외과도 아니고 이비인후과에 무슨 상담실장이냐며 의문을 표시했지만 지하에서 그는 없으면 안 되는 사람이었다.

영란이 상주하는 상담실은 다른 곳과 달랐다. 일반적으로 컴퓨터와 테이블, 의자가 있다면 이곳에는 인체 모양 마네킹이 있다. 고객용 팸플릿에는 장기이식 수술에 대한 안내와 가격이 상세하게 적혀있었다. 특별한 고객을 위한 특별한 상담이 이루어지는 곳이었다.

영란은 상담 테이블 건너편에 앉은 정옥을 보며 영업용 미소를 지었다. 머리부터 발끝까지 명품을 휘감은 부잣집 사모님은 귀티가 났다. 운화병원에서 상담 받는 건 아무나 할 수 있는 게 아니었다. 영란은 늘 하던 대로 매뉴얼을 읊었다.

"일평균 장기이식을 기다리다가 7명 정도가 사망한다고 해요. 장기이식 대기자는 매년 증가하는데 장기기증 등록자는 줄고 있죠. 그래서 저희 같은 병원이 필요한 거예요."

정옥은 영란이 건넨 팸플릿을 꼼꼼하게 살폈다. VIP만을 위한 병원이었기에 수술비가 기본 몇억 원을 호가했다. 음지로 간다면 더 낮은 가격이겠지만 그런 싸구려 병원에 VIP의 생명을 맡길 수 없었다. 뒤탈이 날 수도 있고.

"장기이식은 운화병원이 독보적이라고 해서 온 거예

요."

현재 한국에서 불법 장기이식을 하는 병원은 두 곳이 있다. 운화병원과 경기 남부에 위치한 홍영병원. 전자가 압도적으로 유명했다. 홍영병원에서 못 구한 장기를 운화병원에서 구한 케이스가 많았기 때문이다. 자본주의의 이치에 따라, 고객이 많다 보니 수술비도 올랐다. 반대로 홍영병원은 고객을 유치하기 위해 상대적으로 저렴한 수술비를 내세웠다. 운화병원은 VIP 전용이 되었고 홍영병원에는 돈이 아쉬운 사람들이 방문했다.

"다른 병원 가셔서 발품만 파시느니, 저희 병원에 오신 게 현명한 판단이세요. 각막 이식 상담을 원하시는 거죠? 홍영병원을 가셨으면 헛걸음하셨을 거예요. 각막, 심장 같은 장기는 아예 못 구한다고 하더라고요. 신장이나 간 정도는 가능하죠."

영란은 각막이식 안내 책자를 꺼내 건넸다. 수술 시간과 방법, 수술 후 부작용에 대한 글귀가 적혀있다.

"각막이식은 기증자의 사후 12시간 내 수술이 진행돼요. 수술 일정이 확정된 후 고객님의 귀책으로 취소하시면 수술비는 그대로 청구됩니다. 시간 내 각막을 사용하지 못하면 폐기해야 하거든요. 각막이식에 대해서는 책자에 자세히 나와 있는데 더 궁금하신 게 있으실까요?"

책자를 정독하던 정옥의 시선이 '수술 후 부작용'에서 멈췄다.

"부작용도 있나요?"

"인체거부반응이죠. 장기이식을 할 때 자연스러운 반응이에요. 부작용이 생기면 수술비의 절반만 받고 재수술을 해드려요."

재수술이라는 말에 정옥의 표정이 안 좋아졌다. 장기이식만 하면 곧바로 보통 사람처럼 잘 보일 줄 알았다. 실력이 좋다고 해서 비용은 신경 쓰지 않았는데 재수술하게 될 수 있다니. 정옥이 이해할 수 없다는 듯 되물었다.

"재수술비를 받아요?"

"네. 일반병원에서도 재수술하면 수술비를 받아요. 다른 병원은 기증 받은 각막을 사용하지만 저희는 각막을 다시 구해야 해서 재료비를 받는 거예요. 홍영병원에서는 재수술 시 전액을 내야 한다고 하더라고요."

영란은 홍영병원의 재수술 비용을 언급했다. 타병원과 비교해도 합리적인 가격이라는 어필이었다. 운화병원 아니면 홍영병원뿐, 다른 선택지는 없다. 정옥은 마음을 굳혔다.

"부작용이 생기지 않게 잘 부탁드려요."

"걱정하지 마세요. 운화병원의 명성에 걸맞은 최고의 의료진이 수술을 집도하니까요."

영란이 자부심 가득한 얼굴로 말했다. 이 말에 거짓은 없었다. 수술을 집도하는 의사는 우리나라 최고의 명문의대 출신이다. 도현이 공들여 데려온 실력 있는 의사다. 수술을 보조하는 자들은 간호사 면허증이 없다는 게 흠이었지만.

영란은 정옥에게 미리 준비된 수술 동의서를 보여줬다.

"사모님께서 보고 오신 각막은 어제 오후에 판매됐어요."

"벌써요?"

정옥이 깜짝 놀라며 핸드폰을 꺼내 〈장기거래〉 앱을 확인했다. 〈장기거래〉는 운화병원에서 직접 운영하는 실시간 장기거래 앱이다. 장기와 판매자의 나이, 혈액형 등 간단한 정보가 나와 있어 중고 거래하듯이 쉽게 구매할 수 있다. 메인엔 높은 조회수를 기록한 장기가 차례

대로 나열됐다. 정옥이 보았던 각막에는 판매 완료 마크가 붙었다. 정옥이 낭패라는 얼굴로 물었다.

"어떻게 해야 하죠? 오래 기다려야 하나요?"

"각막은 쉽게 구하니 걱정하지 마세요."

영란의 말에 정옥의 표정이 밝아졌다. 각막은 조직검사를 하지 않아도 돼서 물건 구하는 게 쉬웠다. 운화병원만의 물건을 구하는 노하우가 있기 때문이다.

"오늘 계약금 현금으로 결제해 주시고요. 수술 일정잡고 난 뒤 수술비 완납하시면 됩니다. 여기 브이자로 체크한 곳에 정보를 적어주세요."

수술동의서를 받아 든 정옥이 빈칸에 정보를 기재하기 시작했다. 장기를 매매하는데 10분도 채 걸리지 않았다.

* * *

영란의 하루 루틴을 살펴보면 다음과 같다. 출근하면 제일 먼저 차트를 정리했다. 간밤에 '창고'에 입고된 '물건'이 있는지 확인하는 일이다. '창고'란 지하 다인 병실을 뜻하고, '물건'이란 납치한 사람이다. 납치해 온 사람들의 혈액검사와 조직검사 결과를 정리해 업데이트하는 것이다. 입고되는 '물건'이 있으면, 출고되는 '물건'도 있다. 모든 '물건'은 창고에 들어온 이상 죽어야만 나갈 수 있다. 시체를 처리하는 작업을 '폐기'라고 하는데, 이 바닥에서 구를 만큼 굴러서 못 볼 꼴 다 본 자헌과 계춘도 힘들어했다.

차트 정리를 마친 후에는 〈장기거래〉 관리자 페이지에 접속했다. 〈장기거래〉는 인증받은 VIP만 이용할 수 있는 앱이다. 직관적인 앱 이름만 봐도 알 수 있듯이, 장기를 거래한다. 판매 게시글은 오직 관리자만 올릴 수 있으며 앱 이용자는 구매만 할 수 있다. 게시글 작성 버튼을 누르면 인체 모형이 뜨는데 판매하는 장기에 맞춰 부위를 눌러주면 된다. '20대 여성 간, RH-A형', '40대 남성 신장/각막/심장, RH+B형'등 정보를 등록하면 모든 이용자에게 푸시 알람이 전송된다. 이용자들은 알람을 보고 〈장기거래〉앱에 접속해 상담을 예약한다. 상담 후 조직검사 결과가 일치하면 수술 일정을 잡는다. 최근 회원 수가 부쩍 늘어 장기 판매글을 등록하면 상담이 폭주했다. 한국어 앱뿐인데도 알음알음 소개를 받아 아시아, 유럽 등 전 세계에서 상담을 희망했다. 영란은 상담 예약을 확인하고 이름과 전화번호를 정리했다. 오후에 전화를 걸어 상담 일정을 잡기 위해서다.

이어 신규회원 가입신청서를 확인한다. 전에는 일주일에 한두 명 가입 요청을 했다면 최근에는 하루에 한두 명으로 늘었다. 영란은 어제저녁 들어온 회원 가입신청서를 확인했다. 자동차 기업 회장의 추천으로 가입한 회원이었다. 〈장기거래〉앱을 이용하기 위해서는 추천인이 필수였다. 추천인이 보내준 링크로만 앱 다운로드가 가능했기 때문이다. 앱을 다운로드 받았다고 끝이 아니다. 신규 회원으로 가입할 수 있는 시간은 딱 24시간. 시간이 지나면 추천인 링크를 다시 받지 않는 한 신규 가입이 불가능하다. 추천해 준 사람이 VIP라 하더라도, 가입하는 사람이 서민이라면 가입할 수 없다. 신규회원 역시 VIP여야만 한다. 정·재계 주요 인사이거나 유명 스포츠 스타, 톱 연예인이라면 가입 조건을 충족했다. 일정 규모 이상의 자산과 연봉이 인증되어야 하는데, VIP용 신용카드 발급 조건과 비슷했다.

신규 회원 두 명 중 한 명은 '가입 승인' 버튼을, 다른 한 명은 '보완 요청' 버튼을 눌렀다. 운화병원이 요구하는 VIP 조건을 충족시킨다고 보기 어려워 추가로 재산

인증을 요청한 것이다. 보완을 한 후에도 조건에 미달하면 가입이 거절된다.

신규 가입 승인까지 마친 영란은 기지개를 쭈욱 켰다. 핸드폰 액정에는 〈장기거래〉앱 알람 푸시가 떴다.

신규 장기 입고! 20대 남성 간/RH-A형/빠른 상담 문의

＊ ＊ ＊

탁! 골프채가 허공을 갈랐다. 골프공은 포물선을 그리며 홀컵 근처에 떨어졌다.

"오케이!"

머리가 희끗희끗한 연철의 외침에 주위에서 박수가 이어졌다. 이곳은 제주도의 한 골프장. 연철은 지인과 함께 라운딩을 나왔다. 시간이 많으면 베트남이나 괌에서 라운딩하는 것도 좋지만 짧게 놀기에는 제주도가 좋았다.

"회장님, 폼이 정말 좋으세요."

미애의 칭찬에 연철이 웃었다. 연철이 심장이식 수술을 받고 일 년이 지났다. 수술이 성공적이라도 해도 장

기 조직 거부 반응이 있을 수 있어 걱정했는데 기우였다. 처음부터 자기 심장인 것처럼 완벽하게 이식됐다. 심장이 건강해지니 일상이 달라졌다. 조금만 움직여도 터질 것 같이 두근거리던 심장이, 좋아하는 골프를 쳐도 무리가 되지 않았다. 매일 시간에 맞춰 챙겨 먹던 수십 개의 약도 현저히 줄었다. 건강 문제로 고사했던 언론 인터뷰와 국가 행사에도 적극적으로 참여했다. 건강 이상설로 하방을 찍던 주식도 다시 오르기 시작했다. 연철은 제2의 인생을 사는 것 같았다.

"하하. 건강이 이렇게 소중해요. 돈이 아무리 많으면 뭐합니까, 다 쓰지도 못하고 죽으면 끝인데."

"아무렴요. 죽을 때까지 써도 다 못 쓰겠지만 살아있을 때 열심히 써야죠."

성일이 맞장구쳤다. 그와 동시에 세 사람의 핸드폰이 반짝였다. 운화병원에서 온 푸시 알람이었다.

신규 장기 입고! 20대 남성 간/RH-A형/빠른 상담 문의

이들은 모두 운화병원 〈장기거래〉 앱 이용자였다. 연철이 미애를 초대했고, 미애는 성일을 추천했다. 알람을

확인한 연철이 핸드폰을 주머니 속에 넣었다.

"이게 다 부의 순환 아니겠어요? 우리는 돈을 주고, 그들은 건강한 장기를 파는 거죠."

"우리 같은 사람이 오래 살아야죠. 자기들이 쓰는 가전제품, 온라인 서비스 다 누가 만든 것들인데. 고작 1억, 2억에 장기를 파는 것들이 사회에 환원할 수 있는 게 뭐가 있겠어요?"

성일의 말에 미애와 연철이 고개를 끄덕였다. 특권 의식으로 가득찬 그들은 사람도 급을 나눴다.

"그나저나 양 여사님도 계셨으면 좋았을 텐데… 1년 만의 회동인데 참 아쉽네요."

연철의 말에 미애가 고개를 끄덕였다. 모임에 자주 얼굴을 비추던 경희가 어느 순간 발길이 뜸했다. 무슨 일이 있냐고 물어봐도 제대로 대답을 해주지 않았다. 1년 만에 전화를 해 라운딩을 가자고 제안했지만 개인 사정을 운운하며 피했다.

"무슨 일이 있는 건 아니겠죠?"

"전화해도 잘 안 받더라고요."

미애가 핸드폰의 통화내역을 확인했다. 두 차례 경희에게 연락을 건 내역이 있으나 콜백은 오지 않았다.

"여기 없는 사람 이야기는 나중에하고 게임에 집중하죠. 오늘 느낌 좋은데 홀인원 노려볼까요?"

성일이 골프채를 잡고 몸을 풀었다. 미애가 핸드폰을 미니백에 넣으며 말했다.

"어디 실력이 더 좋아지셨는지 볼까요?"

2 송도현

운화병원의 장기밀매업자, 송도현의 삶을 돌아보자면 파란만장했다. 이제 고작 30대, 그리 많지도 않은 나이 지만 인생에 굴곡이 많았다. 인생을 게임에 비유하자면 태어나자마자 '하드모드'를 선택한 것과 같았다.

그는 미혼모의 아들로 태어나, 외할머니와 시골에서 자랐다. 눈과 귀가 멀어 자기 몸 하나도 건사하기 어려운 사람이 어린아이를 제대로 돌볼 리 없었다. 게다가 찢어지게 가난했다. 산에서 캐온 나물로 한 끼 먹을 수 있으면 다행이라고 할 정도로, 배를 곯는 일이 허다했다. 생필품을 사려고 해도 차를 타고 30분은 나가야 했

으니 두 사람이 고립된 건 당연한 일이었다. 그의 엄마
는 한 달에 한 번 찾아왔다. 할머니의 기초연금이 나오
는 날에 찾아와 몇 푼 안 되는 돈을 모두 가져갔다. 보살
펴주기는커녕 착취하는 엄마 밑에서 제대로 된 애착 관
계가 형성될 리가 없었다.

그가 7살이 된 해, 입학통지서가 오지 않았다. 출생
신고를 하지 않았기 때문이다. 살아있지만 세상에 없는
존재였다. 어차피 학교에 가려면 버스를 타고 2시간은
족히 나가야 해서 갈 수도 없었다. 똑같은 날들이 이어
졌다. 산에 가서 나물을 캐오던가 계곡에서 물고기를 잡
아와 간신히 하루하루를 살아갔다.

13살이 되던 해, 외할머니가 돌아가셨다. 사람이 죽
으면 어떻게 해야 하는지 알 수 있는 나이가 아니었다.
다행이라면, 곧 외할머니의 기초연금이 나온다는 것이
다. 그는 처음으로 엄마가 온다는 사실에 안심했다. 돈
을 가지러 온 엄마는 외할머니의 죽음에 놀랐으나 눈물
은 흘리지 않았다. 사망신고도 하지 않았다. 그러면 기
초연금이 더 이상 나오지 않기 때문이었다. 엄마는 몇
명의 사람을 데려와 외할머니의 시신을 수습했다. 다음
날 이부자리 맡에 유골함이 놓였다. 그는 외할머니가 고

작 축구공만 한 유골함에 담겼다는 게 이상했다. 가장 오랜 시간을 함께했던 사람이 곁을 떠났다. 앞으로 자신은 어떻게 되는 걸까, 생각하던 중 엄마가 옷을 챙겨입으라고 했다. 서울 구경을 가자며 이른 아침 기차에 몸을 실었다. 시골을 벗어나 본 적이 없던 그는 모든 게 신기했다. 엄마를 따라 백화점에 가서 새 옷을 샀고 난생처음 피자도 먹었다. 도톰한 도우 위에 올라간 채소와 고기, 치즈는 눈이 휘둥그레질 정도로 맛있었다. 오랫동안 굶주린 위장은 많은 음식을 받아들이기 힘들었지만 억지로 입에 쑤셔 넣었다. 지금 안 먹으면 언제 먹을지 모르니까.

"내가 왜 널 미워하는지 아니?"

그는 입안 가득 피자를 밀어 넣다 말고 멈췄다. 처음이었다. 엄마와 이런 대화를 해보는 것은. 밥은 먹었니, 같은 따뜻한 대화는 둘 사이에 없었다. 엄마가 그를 지독하게 싫어했기 때문이다. 이유를 알아봤자 달라지는 건 없겠지만 궁금했다. 그래서 눈만 껌뻑이며 엄마를 쳐다봤다.

"넌 범죄자의 아들이야. 학생이었던 나는 원치 않게 너를 가졌고, 너무 늦게 알아서 낳을 수밖에 없었어."

범죄자의 아들, 원치 않는 임신. 고작 13살의 어린아이가 듣기에는 충격적인 말이었지만 그는 담담했다. 그래서 엄마가 날 싫어했구나. 그는 슬퍼하지도, 충격을 받지도 않았다. 엄마가 한 말의 의미를 제대로 이해한 건 성인이 되고 난 후였다.

한 번 입을 연 엄마는 악담을 쏟아부었다. 그동안 하지 못했던 말을 지금이라도 하는 것처럼. 그가 할 수 있는 건, 묵묵히 폭언을 듣는 것뿐이었다.

"사회는 끼리끼리야. 귀한 사람은 귀한 사람끼리 어울리고, 천한 사람은 천한 사람끼리 어울리게 되어있어. 너는 계급사회에서 밑바닥이야."

그는 엄마나 할머니 말에 반박하지 않았지만, 이번만큼은 그냥 넘어가기 싫었다. 아직 나이가 어려 돈을 벌 수 없어 가난한 건 맞다. 하지만 나중에 큰돈을 벌 수도 있고 호사를 누릴 수도 있는 거 아닌가.

"왜요? 나중에 돈 많이 벌어서 귀한 사람이 될 수 있잖아요."

"네 천박한 피를 속일 수 있겠니? 누가 너와 친구 하고 싶겠어."

엄마라는 사람이 어린 아들에게 해줄 말이 아니었다.

명백한 아동학대였다. 그러나 엄마는 폭언을 멈추지 않았다.

"내가 너를 원치 않았듯이, 너도 태어나고 싶어서 태어난 건 아니지. 그러니까, 각자 행복하게 살자. 너라면 잘할 거야. 네 아비를 닮아 아주 영악하고 못된 아이니까."

그는 느리게 눈을 깜빡였다. 머릿속이 빠르게 돌아갔다. 생각을 마친 그는 포크와 나이프를 쥐었다. 될 수 있는 한 아주 많이 먹어둬야 했다. 엄마는 더 이상 말을 하지 않았고, 그는 편하게 음식을 먹을 수 있었다. 피자가 목구멍까지 가득 차고 나서야 포크를 내려놓았다. 며칠은 거뜬히 굶을 수 있겠다는 생각이 들 정도였다.

피자가게를 나오자, 집으로 돌아갈 기차를 타러 갈 시간이 됐다. 퇴근 시간의 서울역은 인파로 가득했다. 엄마는 잠시 화장실에 갔다 오겠다고 했다. 그는 엄마가 피자가게를 나오기 전 화장실을 다녀왔다는 걸 알지만 아무런 말도 하지 않았다. 1시간을 기다렸으나 엄마는 돌아오지 않았다.

그의 나이 고작 13살, 엄마가 없어지면 울고불고 난리를 칠 법하지만 차분했다. 기억을 더듬으면 집을 찾아갈 수 있겠지만 쓸모없는 짓이다. 엄마는 다시 그를 버릴 게 뻔했다. 어쩌면 고기잡이배나 섬의 노예로 팔아버릴지도 모른다. 그나마 시골이 아닌 서울에 버린 게 다행이었다. 지나가는 사람을 붙잡고 구걸이라도 할 수 있으니까.

어린아이가 노숙자들 사이에서 살아남기란 쉬운 일이 아니었다. 구걸해서 번 돈을 갈취당하기도 했고 이유 없이 맞기도 했다. 나이가 들고 몸집이 커지자 그를 건드리는 사람이 줄어들었다. 밑바닥일수록 법보다 주먹이 가까웠다. 몸이 자랐다고 마냥 좋아할 일은 아니었다. 얼굴에서 앳된 티가 나지 않자 구걸을 해도 돈을 주는 사람이 없었기 때문이다. 먹고살 방법을 강구해야 했다. 신체가 건강하니 아르바이트라도 하면 좋겠지만, 출생신고가 되어있지 않아 불가능했다. 국민이 아닌 자는 국가의 지원과 보호를 받을 수 없었다.

그때, 젊은 남자가 접근했다. 남자는 그에게 아주 작은 상자를 주며 특정 시간, 특정 장소에 두고 오라고 시켰다. 아주 쉬운 일이었는데 배달료로 십만원을 줬다. 심부름을 하지 않을 이유가 없었다. 그 후 몇 번 더 상자를 배달한 그는 궁금해서 참을 수가 없었다. 도대체, 이 안에 뭐가 있어서 비싼 돈을 주고 배달하는 걸까? 상자를 열어보니 안에는 하얀 가루를 담은 작은 지퍼백이 들어있었다. 그제야 자신이 운반한 것이 마약이라는 걸 알아챘다. 마약을 배달했다는 사실에 놀라기보다는, 이렇게 위험한 일을 하는데 돈을 적게 받았다는 것에 분노했다. 곧바로 남자를 찾아가 이런 일을 시킬 거면 더 많은 돈을 달라고 했다. 그의 말에 남자는 한참을 웃더니 같이 일을 해보자고 제안했다.

그때부터 본격적으로 나쁜 일에 발을 담갔다. 보이스피싱, 마약 운반 등 남자가 시키는 일을 성실하게 했고, 합당한 돈을 받았다. 출생신고가 되어있지 않았다는 게 강력한 무기가 됐다. 주민등록이 되지 않았으니 무슨 짓을 해도 범인으로 특정될 수 없었다. 이름도 그때그때 달랐다. 보이스피싱할 때는 왕웨이, 마약 운반할 때는 서백진… 돈이 없어서 서러웠던 그는 이제 적당히 벌어 먹고살았다. 그렇게 남자의 밑에서 평생 일할 줄 알았다. 그러나 외할머니가 갑작스레 그의 곁을 떠난 것처럼, 남자도 생각지도 못한 때 떠났다. 마약 중독으로 인한 심정지. 약쟁이의 최후는 비참했다.

남자는 많은 걸 가지고 있었다. 주민등록증, 집, 통장,

신용카드. 출생신고가 되어 있지 않은 그가 가지고 싶어도 가질 수 없던 것들이었다. 일을 주던 남자가 죽었으니, 이제 스스로 돈을 벌어야 했다. 그는 큰돈을 벌고 싶었다. 이제 누구 밑에서 일하기보다 사람을 부리고 싶었다.

자식은 부모의 거울이라고 했다. 그는 엄마가 그랬듯이 남자의 사망신고를 하지 않기로 했다. 남자의 지갑 속 주민등록증을 꺼내 한참을 들여다봤다. 주민등록증에는 '송도현'이라는 이름이 새겨져 있었다. 그가 송도현으로 태어난 순간이었다.

* * *

도현은 익숙하게 운화병원 지하주차장 VIP 전용존에 차를 세웠다. VIP 엘리베이터로 연결되는 프라이빗한 공간은 지하에 방문하는 손님만을 위한 자리였다. 차에서 내린 도현이 트렁크를 열었다. 트렁크 안에는 커다란 수화물 캐리어가 놓여있었다. 190cm에 육박하는 도현이 들자 기내용 캐리어처럼 상대적으로 작아 보였다. 손쉽게 캐리어를 꺼내 들고 VIP 엘리베이터로 향했다.

엘리베이터 외부 버튼 위에 카드를 태그하자 버튼에 불이 들어오며 문이 열렸다. 엘리베이터를 타자 지하층을 제외한 지상 버튼에만 불빛이 들어왔다. 도현이 내부 층수 버튼 아래 카드를 태그하자 이번에는 지상 버튼에 불빛이 꺼지고 지하 버튼에 불빛이 들어왔다. 도현은 F4 버튼을 눌렀다. 지하 4층에 도착한 엘리베이터 문이 열리자, 이자헌과 왕계춘이 서 있었다. 며칠 전 조금 늦게 나와 도현에게 욕을 먹은 후로는 군기가 바짝 들었다. 그들은 엘리베이터에서 내리는 도현에게 고개를 숙였다.

"안녕하십니까."

"여기 물건."

두 사람의 깍듯한 인사를 받은 도현은 대충 고개를 끄덕이며 끌고 온 캐리어를 넘겼다. 계춘이 캐리어를 조심히 받아 챙겼다.

"별일 없지?"

"네. 박 실장님은 개인 사유로 자리를 비우셨습니다."

"이민호는? 외출했어?"

"아니요. 휴게실에서 쉬고 있습니다."

"그래. 물건 실수 없이 정리해."

도현이 턱끝으로 캐리어를 가리키며 말했다. 계춘과

자헌이 공손하게 고개를 숙였다. 두 사람을 뒤로하고 휴게실로 향했다. 요즘 도현의 머릿속에는 온통 이민호밖에 없다. 민호는 그가 직접 데려온 명문 의대 출신의 의사로 운화병원의 장기 이식 수술을 도맡았다. 고스펙의 의사가 불법 장기이식 병원에서 일하는 이유는 간단했다. 의료사고로 의사면허가 취소되었기 때문이다. 도현은 의사면허가 취소되면 끝인 줄 알았다. 3년만 지나면 재교부를 받을 수 있을 줄이야. 민호가 일을 한 지도 벌써 2년 반이나 흘렀다. 3년을 채워 의사면허를 재교부 받으면, 뒤도 안 보고 일반 병원으로 떠날 게 뻔했다. 민호가 이곳에 있는 이유는, 의사면허 없이 큰돈을 벌 방법이 없기 때문이었다. 가난한 집의 외동아들인 민호는 가장이었다. 도박, 빚보증, 폭행 등 사건 사고에 휘말리는 부모의 뒷수습을 하기 위해선 돈이 필요했다.

도현이 민호에게 집착하는 이유는 단순했다. 입이 무겁고, 성실하면서 실력도 좋은 의사. 이 모든 걸 충족하는 사람은 민호뿐이었다. 민호가 오기 전에 운화병원을 거쳐 간 의사는 2명이 있었다. 한 명은 약쟁이라 마약에 취한 상태로 수술실에 들어가서 사고를 낼 뻔했고, 다른 한 명은 수술이 있는 날임에도 무단으로 출근하지 않았다. 이런 폐급을 2명이나 겪다 보니, 민호를 놓칠 수 없었다. 어떻게든 운화병원을 나가지 못하게 만들어야 했다. 그러기 위해서 도현은 민호에게 큰 공을 들이고 있다. 병원에 들릴 때마다 얼굴을 보고 가는 것도 그의 속마음을 읽기 위함이었다.

도현은 민호의 개인휴게실 앞에 멈췄다. 편히 쉬라고 개인 휴게실까지 만들어줬건만, 배려에 고마운 줄도 모르고 튈 생각만 한다. 생각하다 보니 짜증이 나, 도현은 노크도 하지 않고 거칠게 문을 열었다.

"진짜 돈 없다니까요."

민호는 소파에 앉아 전화 통화 중이었다. 짜증 섞인 목소리로 대답한 민호는 도현과 눈이 마주치자 놀라서 그대로 몸이 굳었다. 핸드폰 너머로 중년 여성의 목소리가 웅얼웅얼 들렸다.

"…다시 전화할게요. 끊어요."

민호가 다급하게 전화를 끊었다. 아무렇지 않은 표정을 지었지만, 무슨 말을 내뱉었는지 떠올리기 급급했다. 하얀 피부가 더욱 창백해졌다. 짧은 정적이 흐르고, 민호가 어색하게 고개를 꾸벅 숙였다.

"…안녕하세요."

"뭐하고 있었어?"

"그냥 쉬고 있었어요."

민호가 시선을 피하며 말했다. 틀린 말은 아니었다. 전화하면서 쉬고 있었으니까. 어떤 사람과 무슨 이야기를 나눴는지 물어본 것이란 걸 알지만 민호는 굳이 이야기하고 싶지 않았다. 맞은편에 있는 소파가 비어있음에도 도현은 민호의 바로 옆에 앉았다. 소파의 가운데 앉아있던 민호는 한쪽으로 몸을 피했다.

그때 민호의 핸드폰이 진동했다. 액정화면엔 '어머니'라는 문구가 떠 있었다. 민호가 진동이 오지 않게 핸드폰을 뒤집어두자, 지켜보던 도현이 물었다.

"안 받아?"

"…네. 나중에 다시 전화드리려고요."

우웅. 다시 민호의 핸드폰이 진동하기 시작했다. 그는 어디서 온 전화인지 확인하지도 않고 핸드폰을 주머니 속에 넣었다.

"가족과 사이가 안 좋나 보네."

도현은 모르는 척 물었다. 민호의 집안사는 처음 병원에 데려올 때 탈탈 털어 잘 알고 있었다.

"나도 그런데."

도현은 타인에게 사생활을 쉽게 이야기하는 사람이 아니다. 상처가 커서 그러냐고? 전혀. 오히려 출생신고조차 하지 않은 모친을 고마워했다. 피차 애정이 없던 사람에게 버려진 거였다. 도현은 곁눈질로 민호를 살폈다. 인간이란 동질감과 유대감을 느끼면 가까워지기 마련이다. 그는 민호의 환심을 사기 위해서라면 이런 이야기쯤은 얼마든지 할 수 있다.

"나 할머니 손에서 자랐거든. 할머니가 돌아가시니까 갑자기 엄마가 서울 구경을 가자는 거야. 좋다고 따라나갔지. 맛있는 거 먹고, 옷도 사주더라고. 기차 탈 시간이 다가오는데 화장실을 갔다 오겠다는 거 있지?"

도현의 말을 듣던 민호는 눈을 크게 떴다. 이 뒤에 어떤 이야기가 이어질지 알아챈 것이다.

"설마…"

"나 버리고 갔어. 그 어린애를 말이야. 굶어 죽지 않으려고 별짓을 다 했어. 구걸도 하고, 도둑질도 하고."

민호는 어떤 말을 해줘야 할지 몰라 시선을 내리깔았다. 외고를 나와 명문 의대를 졸업한 그는 주위에 유복한 환경의 사람들뿐이었다. 의대 입학 선물로 고급 외제차를 받고, 방학 때면 가족과 유럽으로 해외여행을 떠나던 동기들이 떠올랐다. 같은 나이, 같은 학교에 다니지만 가정환경은 완전히 달랐다. 가난한 민호는 감히 꿈도 못 꿔볼 일이었다. 그에게 가정사는 숨겨야 하는 부끄러운 치부였다. 의사면허는 상류층으로 갈 수 있는 유일한 신분상승 티켓이었다. 이유를 알 수 없는 의료사고로 지금은 불법 장기이식 수술을 하지만, 의사면허를 재교부받으면 다시 일반 병원에서 일할 수 있다. 민호는 의사가 천직이었다. 직업 만족도도 높고, 사람들에게 인정받는 것도 좋았다. 돈을 보내달라고 닦달하는 부모만 없다면 나쁘지 않은 삶이었다. 부모만 없었다면… 아니, 지금 내가 무슨 생각을 한 거야. 민호는 고개를 좌우로 저었다. 천륜을 저버리다니, 절대로 하면 안 되는 생각이었다.

"너는 어때?"

도현이 넌지시 물었다. 자신의 과거를 말했으니, 너도 이야기해 보라는 무언의 압박이었다. 그러나 민호는 넘어가지 않았다.

"…걱정해주셔서 감사하지만 저는 가족과 잘 지내고 있어요."

민호는 깊은 대화를 거부했다. 그 모습을 본 도현은 혀를 찼다. 역시, 좋게 말해서는 안 되는구나. 상관없었다. 이 병원에 있을 수밖에 없는 이유는 얼마든지 만들어줄 수 있다. 도현은 같잖은 민호의 태도에 코웃음이 났다. 민호는 도현이 웃는 이유를 알 수 없지만, 본능적으로 시선을 피했다. 주머니 속에서 진동하는 핸드폰을 꼭 쥐며.

* * *

도현이 허름한 건물에 발을 들이자, 깜짝 놀란 쥐가 도망쳤다. 가게는 대부분 비어있었고, '임대문의'라고 적힌 종이만 다닥다닥 붙어있었다. 구식 건물이라 엘리베이터도 없어, 계단을 올라가야 했다. 3층에 도착한 도현은 복도 제일 끝에 위치한 사무실로 향했다. 복도 센서 등이 고장 나 실내가 어두웠다. 그가 멈춰선 사무실 앞은 인기척이 전혀 느껴지지 않았다. 도현이 익숙하게 문을 열었다. 소파에 앉아 자장면을 먹던 박광철의 눈이 휘둥그레졌다.

"어! 형님!"

광철은 자장면 그릇을 내려두고 반갑게 인사했다. 도현은 맞은편 소파에 앉아 긴 다리를 꼬았다.

"너 전기세도 못 냈냐?"

도현이 소파 앞 테이블에 놓인 촛불을 보며 말했다.

"아니, 고작 반년 밀렸다고 전기를 끊어버리더라고 요."

광철이 넉살 좋게 웃었다. 어스름한 달빛이 들어오는 창문에는 '떼인 돈 받아드립니다', '불륜 탐정'이라고 적 힌 스티커가 붙어있었다. 광철은 작은 심부름센터의 대 표다. 합법이나 불법을 가리지 않고 돈이면 뭐든지 했다.

"월세는 냈고?"

"하하. 당연히 못 냈죠. 주인이 나가라고 하는데 버티 고 있어요. 어차피 공실 많아서 쫓아내진 않더라고요. 이번엔 무슨 일로 오셨어요?"

광철이 눈을 반짝이며 물었다. 도현은 보수를 두둑하 게 주는 고객이었다. 대신 의뢰가 까다로웠지만 월세도 못 내고 전기도 끊긴 마당에 찬물, 더운물 가릴 처지가 아니었다. 도현은 바지 주머니에서 민호의 증명사진을 꺼내 테이블 위로 던졌다. 사진 속 인물은 광철도 아는 사람이었다.

"형님 병원에서 일하는 샌님아닙니까?"

"어. 부모 좀 털어봐. 돈 문제가 있는 것 같은데 사건

하나만 만들어서 엮어봐."

"어떤 종류의 사건이요?"

"단기간에 많은 빚을 지게 만들어. 도박이 가장 쉽겠지?"

"그런 거라면 제가 전문이죠. 의료사고를 만들어서 의사면허도 취소당하게 만들었는데 빚지게 하는 것쯤이야 문제도 아니죠. 돈 개념 없는 부모라면 장난치기도 더 쉽고요."

광철은 민호의 의료사고를 조작했을 때를 떠올렸다. 당시 의료사고를 만들기 위해 상당히 고생했다. 국내 최고의 로펌에 의뢰했고 치열한 법적 공방이 계속됐다. 의료소송에서 승소하는 건 굉장히 어려운 일이다. 일을 맡은 변호사가 전관예우를 받는 판사 출신이 아니었다면 패소했을 가능성도 높았다. 도현은 실력 좋은 의사를 운화병원에 데려오기 위해 의사면허를 취소당하게 사건을 조작했다. 의사면허가 없으면 근무 중인 대학병원에서 잘리는 것은 물론, 어느 병원도 받아주지 않을 테니까. 미래가 창창한 의사의 인생을 한순간에 망친 것이다.

"우리나라 법 좀 바꾸어야 해. 의사면허가 취소돼도

3년만 기다리면 재교부가 된다는 게 말이 돼? 그러니까 바로 튀려고 각 재고 있잖아. 어쩔 수 없지. 일반 의사 월급으로는 갚을 수 없도록 많은 빚을 지게 만들어야지."

"형님네 병원이 돈을 많이 주긴 하죠. 하여튼 손이 참 많이 가는 놈이네요."

광철은 증명사진을 자세히 봤다. 긴장한 채로 정면을 응시하고 있는 남자가 시선을 사로잡았다. 얇게 쌍꺼풀 진 눈에 갸름한 얼굴, 깨끗하고 하얀 피부를 가진 민호는 눈에 띄는 화려한 미남이었다.

"선녀와 나무꾼 알지? 쟤한테는 의사면허가 선녀 옷이야. 남자놈이라 아이를 셋 낳게 할 순 없으니까, 빚이라도 만들어서 못 가게 만들어야지."

도현이 머리 뒤로 깍지를 끼고 소파에 기댔다. 그의 얼굴에는 타인의 인생을 망친 것에 대한 죄책감이라고는 엿볼 수 없었다. 광철은 민호에게 연민을 느꼈다. 미인은 박명이라더니 미남은 박복했다. 광철은 민호의 증명사진을 지갑 속에 집어넣었다.

* * *

도현은 그릇에 시리얼을 담고 우유를 부었다. 식탁으로 가져와 먹으며 핸드폰을 꺼내 〈지금거래〉앱을 켰다. 남들이 보면 중고거래를 한다고 생각하겠지만, 그는 '일'을 하는 중이었다. 물건을 판다며 타깃을 유인하기도 했고 때로는 구매자인 척 접근했다. 사람을 납치하기에 〈지금거래〉만큼 편한 앱이 없었다. 요즘 중고 거래 앱은 물건만 사고팔지 않는다. SNS 연동을 하거나 게시글을 올려 동네 친구를 구하기도 하며 개인정보를 쉽게 공개했다. 그들이 파는 목록을 살펴보면 직업이나 나이를 짐작할 수 있었다. 스트릿 스타일의 의류를 파는 20대 남자, 명절 선물로 받은 스팸이나 식용유세트를 파는 30대 여성, 골프에 푹 빠진 50대 남자 등 다양했다. 이중 가족과 따로 사는 성인 자취생이 가장 좋은 먹잇감이었다.

도현이 사람을 납치하는 방법은 두 가지가 있다. 우선 밖에서 만나더라도 집안으로 끌어들였다. 도현은 CCTV가 없는 허름한 빌라만 골라 이용했다. 그런 점에서 재건축을 앞두고 세입자들이 이사 가고 있는 행운빌라가 제격이었다. 구매자들이 도현의 집으로 오는 경우도 있지만, 그가 피해자의 집을 방문할 때도 있었다. 이

럴 땐 미리 준비한 가출 편지를 침대 위에 올려두고 나
왔다. 성인 가출 사건은 경찰에 신고해도 적극적인 수사
가 어려운 점을 이용한 것이다.

새로운 타깃을 찾던 도현은 화장품 판매글을 눌렀다.
판매자가 올린 다른 물건을 살펴보니 전자레인지, 대학
교재, 운동화가 있었다. 연동된 SNS를 확인하니 대학교
에 막 입학한 스무살 여성이었다. SNS 피드를 넘겨보던
중 텅 빈 원룸 사진을 클릭했다.

인생 첫 자취! 예쁘게 꾸며야지

여기에 자취까지 한다니, 도현이 선호하는 타깃이었
다. 그는 전자레인지 사진을 클릭했다. 물건에 대한 설명
을 읽지도 않고 곧바로 채팅 메시지를 작성했다.

전자레인지 팔렸나요?

"응. 언니. 나 새벽에 떠나. 2주 다녀올 거야. 나 템플
스테이 하는 동안에는 전화 안 받을 거니까 걱정하지

마. 가는 김에 속세는 잊으려고. 아이, 잔소리 그만해. 내일 회사 가야 하는 거 아냐? 근데 왜 이렇게 늦게 자. 빨리 자. 응. 알았어."

윤서는 잔소리하는 언니와의 통화를 마치고, 핸드폰을 주머니 속에 넣었다. 그리고 전자레인지를 들고 문을 나섰다. 윤서는 최근 〈지금거래〉에 푹 빠져 템플스테이를 떠나는 전날에도 물건 판매에 열을 올리고 있다. 2주 동안 집을 비울 예정이기 때문에 지금 팔지 않으면 시간이 없었다. 그래서 12시가 다 되어가는 늦은 밤에 전자레인지를 들고 나온 것이다.

핸드폰 지도앱을 보고 찾아온 행운빌라는 후미진 곳에 있었다. 재건축 승인 환영 현수막이 이곳저곳 붙어있었고, 빌라의 창문은 불을 켜두지 않아 어두웠다. 늦은 밤이라서 불을 꺼둔 게 아니라, 이사를 나가 빈집이 많았다. 귀신이라도 나올 것 같은 으스스함에 윤서는 주위를 살폈다. 행운빌라 2단지 정문 앞, 남자의 뒷모습이 보였다. 윤서는 빠른 걸음으로 그에게 다가갔다.

"안녕하세요, 지금거래 맞으세요?"

"네, 안녕하세요."

등을 보이고 있던 도현이 윤서쪽으로 몸을 돌렸다.

윤서는 자신보다 한참 큰 그를 올려다보다가 당황하고 말았다. 도현이 오른손에 붕대를 감고, 깁스 팔걸이를 하고 있었기 때문이다. 전자레인지를 건네지도 못한 채 물었다.

"팔… 다치신 거예요?"

"네. 원래 카트를 끌고 오려고 했는데, 찾아보니 없더라고요."

도현은 윤서가 깁스한 팔을 잘 볼 수 있게 어깨를 살짝 틀었다. 아무리 체격이 좋은 남자라고 해도 전자레인지를 한 손으로 들고 가는 건 무리였다. 윤서가 걱정되는 목소리로 물었다.

"이걸 들고 가실 수 있겠어요?"

그러자 도현이 난감한 표정을 지으며 부탁했다.

"죄송한데… 저희 집으로 가져다주실 수 있나요? 바로 여기거든요."

도현은 손가락으로 행운빌라를 가리켰다. 아주 가까웠지만 윤서는 주저했다. 늦은 밤에 일면식도 없는 남자의 집을 방문하는 게 찜찜했다.

"제가 처음 뵙는 여성분께 무례를 범하네요. 하필이면 팔을 다쳐서… 대신 수고비로 1만원 더 드릴게요."

도현의 제안은 윤서에게 솔깃하게 다가왔다. 전자레인지 가격은 3만원이었다. 어차피 여기까지 걸어왔고, 집까지 배달해 준다고 해도 5분도 안 걸릴 일이었다. 5분만에 1만원을 벌 수 있었다. 설마 무슨 일 있겠어? 1만원에 눈이 먼 윤서는 고개를 끄덕였다. 도현을 따라 금방 행운빌라에 도착했다. 엘리베이터가 없어 3층까지 걸어 올라가야 한다는 말에, 왜 도현이 수고비로 1만원을 준다고 했는지 이해했다. 3층까지 올라온 윤서는 현관문 앞에 멈춰서 물었다.

"여기 내려두면 될까요?"

도현이 도어락 키패드에 카드키를 태그해 문을 열었다. 열린 문으로 깔끔하게 정리된 거실이 보였다. 도현은 집안을 가리키며 물었다.

"죄송하지만 식탁 위에 올려주실 수 있을까요? 제가 손이 이래서…"

늦은 밤에 모르는 남자의 집에 들어간다니, 평소라면 절대 하지 않을 행동이었다. 그러나 중고 거래 목적으로 만난 사람이었고, 수고비도 주겠다는데 거절하기 민망했다. 잠시 생각하는 동안 복도 현관등 센서가 꺼졌다. 윤서는 시간을 지체했다는 압박에 자신도 모르게 현관에 발을 들였다. 도현이 윤서를 따라 들어가고, 두 사람 뒤로 문이 닫혔다.

이왕 이렇게 된 거, 빨리 돈 받고 나가면 된다. 윤서는 보폭을 넓게 해 거실 식탁 위에 전자레인지를 올려두었다. 무겁진 않았지만 오랫동안 두 팔을 벌려 전자레인지를 안고 있던 터라 팔이 저릿저릿했다. 뒤에서 도현의 목소리가 들렸다.

"정말 감사해요."

윤서는 도현을 쳐다봤다. 돈을 줘야 가는데, 도현은 빙긋 웃고만 있었다. 윤서가 어색하게 양손을 마주 잡자, 그제야 그가 움직였다.

"아, 돈 드려야죠. 수고비까지 4만원 맞죠?"

"네. 4만원 주시면 돼요."

윤서의 기분이 금세 좋아졌다. 5분 투자해서 1만원을 더 받는다고 생각하니 3층까지 걸어 올라온 게 전혀 힘들지 않았다. 도현이 주머니에서 지갑을 꺼내는데, 동전이 몇 개 떨어졌다. 톡! 도로로로… 동전은 자유 의지라도 가진 것처럼 이리저리 굴렀다.

"아이고, 이거 참…"

도현이 당황한 목소리로 허리를 굽혀 동전을 주웠다.

동전 몇 개는 윤서를 보내고 나서 주워도 될 일이었다. 그러나 팔을 다친 사람에게 물건값부터 주고 동전은 혼자서 주우라고 말하기엔 인정머리 없어 보였다. 결국 윤서도 같이 바닥을 살폈다. 바닥을 구르던 동전이 하필이면 냉장고 밑으로 쏙 들어가 버려서, 어쩔 수 없이 무릎을 바닥에 대고 몸을 숙였다. 냉장고 아래를 살피던 윤서는 동전을 발견하고 손가락을 밀어 넣었지만 너무 멀리 있어 꺼낼 수 없었다. 동전을 꺼내기 위해서 몇 번 더 시도했지만 결국 포기했다.

"여기 밑에 동전이 있긴 한데 꺼내기에는…"

윤서가 상체를 일으켜 세우며 말했다. 등 뒤로 드리워진 그림자에 고개를 돌리자, 전자레인지를 두 손으로 들고 있는 도현이 서 있었다. 붕대가 감긴 오른손을 아주 자유롭게 움직였다. 물건을 높이 치켜든 건, 내리찍기 위함이었다. 너무 놀란 윤서는 소리도 지르지 못하고 붕어처럼 입만 뻐끔거렸다. 도현이 망설임 없이 전자레인지로 윤서의 머리를 내리찍었다.

"아악!"

그제야 윤서의 입에서 비명이 터졌다. 윤서가 몸을 웅크리며 양손으로 방어했으나 역부족이었다. 도현은 눈한 번 깜빡이지 않고 몇 번이나 전자레인지로 내리찍었다. 바닥에 쓰러진 윤서의 머리 위로 붉은 피웅덩이가 졌다.

3 이자헌

이자헌, 혈기왕성한 나이 26세. 간호사 면허증은 없지만 운화병원에서 수술실 보조일을 하고 있다. 성실한 학생은 아니었지만 고등학교까지 무사히 졸업한 그가 이곳에서 일하게 된 이유를 설명하자면, 3년 전으로 거슬러 올라간다.

고등학교를 졸업한 자헌은 대학교 진학은 생각도 안 했다. 공부하기 싫었던 그는 바로 돈을 벌고 싶었다. 가진 거라고는 튼튼한 몸밖에 없어 곧바로 공장에 취직했다. 악덕 고용주가 운영하는 공장에서 밤낮없이 일했다. 몸은 힘든데 월급이 적어 불만이 쌓여가던 중 심부름센터 대표 박광철을 만났다. 그는 큰돈을 벌 수 있는 일자리를 주선해 주겠다며 자헌과 그의 친구 왕계춘을 꼬셨다. 지금 받는 월급의 2배 이상을 받을 수 있는데, 일은 더 쉽다고 했다. 거절할 이유가 없었다. 자헌과 계춘은 곧바로 공장을 때려치우고 서울로 올라갔다.

광철이 소개해 준 일은 불법 장기이식 병원의 수술 보조였다. 전문 기술이나 전문 자격증이 없음에도 큰돈을 주는 이유였다. 자헌은 큰돈을 벌고 싶었지만 이런 일까지 하고 싶지 않았다. 그래서 계춘과 함께 도망치려고 계획을 세웠다. 그 계획은 도현을 보는 순간 물거품이 됐다. 자헌은 첫눈에 도현이 보통이 아님을 알아챘다. 철없는 학창 시절, 학교에서 일진 노릇을 하던 그의 레이더에 감지된 것이다. 저 새끼는 진짜라고.

제일 먼저 눈에 들어온 건 도현의 체격이었다. 자헌과 계춘도 작은 키가 아니었으나 도현을 올려다보아야 했다. 두툼하고 다부진 상체는 같은 남자가 보기에도 위협적이었다. 도망치다가 걸리면 뒤진다. 자헌과 계춘은 같은 생각을 했다. 첫째도, 둘째도 보안을 강조한 도현이 자신의 업장을 도망치는 놈들을 가만둘 리 없었다. 그래서 자헌과 계춘은 운화병원에서 일을 해보기로 마음을 고쳐먹었다.

자헌과 계춘이 운화병원에 온 지 이주일이 지나서 민호가 들어왔다. 듣기로는 의료사고로 의사면허가 취소되었다고 했다. 아무리 불법 장기이식 병원이라지만, 의료사고를 낸 의사를 쓰는 건 리스크가 컸다. 수술 중에 사고만 나지 않기를 간절히 기도했다. 그러나 아무것도 모르는 자헌이 보기에도, 민호는 의료사고를 낸 의사치고는 실력이 좋아 보였다. 원숭이도 나무에서 떨어질 때가 있다고, 운이 안 좋아 의료사고가 난 것이라고 생각했다. 민호는 의사라고 거들먹거리거나 허세를 부리는 것도 없었다. 말이 많거나 외향적이진 않았지만 같이 일하는 동료로서 괜찮았다.

사실 자헌이 민호를 보고 놀란 건, 그의 직업이나 성격 때문이 아니라 외모 때문이었다. 의사라고 해서 모범생처럼 생겼을 거라고 생각했는데 아니었다. 무명 연예인이라고 해도 믿을 정도로 빼어난 미남이었다. 공부만 해서 그런지 그을리지 않은 하얀 피부에, 얼굴도 작고 비율이 좋았다. 미녀와 미남은 한끗차이라고 예쁘게 잘생겼다. 계춘은 민호를 보고 기생오라비 같다고 비하했지만, 자헌은 미남을 향한 남자의 추한 질투라는 걸 알고 있다.

매주 월요일 아침에는 회의를 했다. 민호와 계춘, 자헌 셋이 모여서 특이 사항이나 수술 일정에 대해 이야기를 나눈다. 대부분 민호가 브리핑하면, 자헌과 계춘은 지시를 따르는 식이었다. 한 주의 스케줄을 정리하는 만큼 중요한 시간이었다.

자헌은 머리카락을 쓸어 넘기는 민호를 쳐다봤다. 질투 나지만, 영화 속 한 장면 같다고 생각했다. 밤낮없이 일하느라 피로함에 절어 거지꼴인 자헌과 달리, 민호는 초췌한 게 아니라 신비한 분위기의 미남으로 보였다. 저런 얼굴이면 연애도 쉽겠지. 모태솔로인 자헌은 민호가 부러웠다.

예쁜 여자와 연애하고 결혼해서 단란한 가정 꾸리기. 이게 자헌의 꿈이자 목표였다. 그는 연애조차 쉽지 않은 모태솔로로, 모든 게 외모 탓이라고 생각했다. 험악하게 생긴 자헌의 팔과 다리는 맨살이 보이지 않을 정도로 문신이 가득했다. 스무살 때 아무 생각 없이 계춘을 따라 타투샵에 간 것이 화근이었다. 그때는 그게 멋있어 보였지만, 금세 후회했다. 얼굴도 험악하게 생겼는데 팔다리에 문신이 가득하니 평범한 일을 할 것처럼 보이지 않았다. 조폭이나 동네 건달로 오해받기 일쑤였다. 바로 그게 문제였다. 연애시장에서 외모는 아주 중요했다. 오죽하면 외모는 예선전이라는 말이 있을까. 자헌은 예선전을 통과하기도 힘들었다. 예를 들어, 인성은 차치하더라도 도현은 여자들이 좋아하는 외모였다. 선이 굵고, 호감형 외모로 연애를 쉬지 않고 해왔을 게 눈에 보였다.

자헌은 주간 브리핑을 하는 민호를 찬찬히 뜯어봤다. 도현이 피지컬이라면, 민호는 비주얼이었다. 요즘 여자들은 예쁘게 생긴 남자를 좋아한다는데, 딱 그런 스타일이었다. 키는 176cm 정도로 보이지만, 비율이 좋아 더 커 보였다. 자헌이 여자였다면 민호 같은 남자와 사귀고 싶다고 생각했을 것이다. 비단 자헌뿐일까, 아마도…

"조직검사 결과 나왔는데 에이즈 양성이에요."

"여자가 줄을 서겠지…"

"네?"

자헌이 머릿속 생각을 입 밖으로 냈다. 차트를 읽던 민호가 무슨 말을 하냐는 표정으로 되묻자 자헌은 허둥지둥 변명했다.

"죄, 죄송합니다. 제가 헛소리를…"

"중요한 이야기니까 다른 생각하지 말고 정신 똑바로

차리세요."

민호가 차가운 목소리로 경고했다. 자헌은 딴생각하는 걸 민호에게 걸려서 다행이라고 생각했다. 도현이었다면 말 대신 발길질을 했을 것이다. 자헌은 쓸데없는 생각을 접고 회의에 집중했다.

"저번 주에 들어온 남성인데, 에이즈 환자니까 정리해주세요."

"네, 폐기하겠습니다."

자헌이 즉각 대답했다. '폐기'라는 말에 계춘의 표정이 미묘하게 일그러졌다. 이곳에서 일한지 3년이 되어가지만 폐기 처리하는 일은 익숙해지기 어려웠다. 특히 계춘은 자헌보다 비위가 약해 폐기를 한 날에는 아예 식사를 하지 못했다. 폐기처리실에 갈 일이 없는 민호는 그곳에서 무슨 일이 일어나는지 전혀 모른다. 그는 평온하게 남은 스케줄을 읊었다.

"이번 주는 신장, 심장 이식 수술할 거고… 콩팥이랑 간은 아이스박스에 담아서 이송할 거에요."

"네. 일정 확인하고 차질 없이 준비하겠습니다."

자헌이 빼곡한 주간 스케줄을 확인했다. 이렇게 바쁘니, 연애할 시간이 있을 리가 없다.

* * *

　도현이 이틀 만에 새로운 물건을 가져왔다. 그에게 캐리어를 받아 든 자헌은 계춘과 함께 다인 병실로 향했다. 한 달에 한 번, 일주일에 한 번 물건이 들어오던 때가 있었는데, 최근 수술 문의가 폭주하면서 물건이 입고되는 시기가 빨라졌다. 자헌은 가벼운 캐리어를 끌고 가며 말했다.

　"이번엔 여자인가 봐. 캐리어가 가벼워."

　"정리하기 수월하겠군. 직전에 들어온 남자는 마취에서 깨서 힘들었잖아."

　계춘이 그때를 떠올리며 고개를 저었다. 하필이면 마취제를 준비하지 않아서 더 애를 먹었다. 남자가 고래고래 소리를 지르자, 같은 방에 감금된 사람들도 동요되어 소리를 냈다. 자헌과 계춘이 가만히 있을 리 없었다. 딱, 죽지 않을 정도로 팼다. 그를 제압한 후에는 분위기에 동요되어 반항했던 사람들에게도 매운맛을 보여줬다. 그 이후 병실에서는 숨소리밖에 들리지 않았다.

　캐리어를 끌고 가던 자헌이 다인 병실 앞에 멈춰 섰

다. 병실 문 앞에는 침대 배치도가 붙어있었다. 1번 자리에는 'RH-B형 여자/신장·인육', 3번 자리에는 'RH+AB형 남자/각막·콩팥·신장', 4번 자리에는 'RH+O형 남자/심장', 6번 자리에는 'RH+O형 남자/간'이라고 적혔다.

계춘은 기존 배치도를 떼고, 가져온 새 배치도를 붙였다. 새로 붙인 종이에는 6번 침대 자리가 비어있다.

"6번 물건은 어제 나갔으니까 여기에 놓자."

"그래."

자헌이 다인 병실 문을 열고 들어갔다. 뒤따라 들어온 계춘이 전등 스위치를 누르자 어두웠던 실내가 밝아졌다. 병실에는 여섯 개의 침대가 놓여있었다. 사람이 누워있는 침대는 커튼이 쳐져 있고, 빈 침대는 커튼을 열어뒀다. 자헌은 6번 침대로 가서 캐리어를 눕혔다. 지이이익. 조용한 병실, 캐리어 지퍼를 여는 소리가 유독 크게 들렸다. 캐리어를 열자, 그 안에는 마른 여자가 몸을 웅크리고 있었다. 자헌은 여성을 들어 침대에 눕혔다.

"오늘은 일이 쉽네."

자헌이 억제대로 여성의 몸을 침대에 결박하며 말했다. 상체를 고정시키던 자헌은 무심코 여성의 얼굴을 봤다가 흠칫했다. 이렇게 예쁜 여자는 머리털 나고 처음 봤다. 하얗고 결 좋은 피부는 아기처럼 부드러워 보였다. 모난데 없이 작고 갸름한 달갈형 얼굴에 입술은 붉고 도톰했다. 자헌은 해야 할 일을 잊고 아름다운 얼굴을 쳐다봤다.

"뭐해?"

계춘이 여성의 오른쪽 팔뚝을 압박고무줄로 묶으며 물었다. 그의 시선은 자헌이 바라보는 곳을 따라갔다.

"미친, 엄청 예쁘네."

얼굴을 확인한 계춘이 스텐밧드에서 주사기를 꺼냈다. 자헌은 여자의 얼굴에서 시선을 떼지 못했다. 심장이 쿵쿵 뛰었다. 꿈에서나 그리던 이상형이었다. 그런 여자를 이런 곳에서, 이렇게 만나다니.

"뭐야. 네 스타일이야?"

계춘이 자헌의 허리를 툭 치며 물었다. 그제야 정신을 차린 자헌이 고장 난 로봇처럼 고개를 돌렸다. 계춘은 자헌을 코흘리개 시절부터 알고 지냈지만, 이렇게 얼빠진 모습은 처음 봤다.

"아아니. 아무것도 아니야."

자헌이 부산스럽게 스텐밧드를 확인했다. 계춘이 손

에 쥐고 있는 주사기를 건넸다.

"주사기는 여기 있어."

"어, 어."

자헌은 여자의 팔에 주사바늘을 꽂았다. 주사기 누름대를 당기자 보틀 안에 붉은 피가 차올랐다. 주사기 바늘을 뽑아 알콤솜으로 지혈했다. 힘을 주면 부러질 것 같이 가녀린 팔뚝이었다. 어쩌다가 이곳에 잡혀 왔을까. 자헌은 지금까지 많은 사람을 감금했지만 이렇게 불쌍한 마음이 든 것은 처음이었다.

그때, 여자가 눈을 떴다. 마취에서 깨어난 여자는 미간을 찌푸리며 천천히 눈을 떴다가 감았다. 두어 번 반복하다 마침내 눈을 완전히 떴다. 사슴처럼 큰 눈과 마주친 자헌은 몸이 굳었다. 눈을 뜨니 상상 이상의 미인이었다.

"여기… 여기가 어디예요?"

듣기 좋은 미성이 조용한 병실에 울려 퍼졌다. 여자의 이름은 장윤서, 전자레인지를 팔다가 납치됐다. 아직 상황파악이 되지 않는 듯 멍하니 주위를 둘러봤다.

"깨어났네."

계춘이 자헌의 어깨를 툭 쳤다. 빨리 준비된 마취제

를 투약하라는 의미였다. 종종 침대에 눕히고 피검사를 하는 중 정신을 차리는 경우가 있었다. 그때를 대비해 미리 마취 주사를 준비해 두었다. 그러나 자헌은 뻣뻣하게 굳어서 움직일 생각을 하지 않았다. 평소 눈치 빠른 그답지 않은 행동이었다. 계춘이 다시 자헌을 불렀다.

"야."

윤서는 자신의 질문에 아무도 대답해주지 않자, 자헌을 쳐다봤다. 맑고 투명한 눈을 마주하자 자헌의 얼굴이 터질 듯이 빨개졌다. 연예인을 만난 팬처럼, 부끄럽고 수줍었다. 계춘은 윤서를 없는 사람 취급하고, 자헌은 얼굴이 새빨개져서 각목처럼 서 있다. 무슨 상황인지 알 수 없어 답답해진 윤서가 몸을 일으키려고 했으나, 억제대 때문에 그럴 수 없었다. 자신의 몸이 결박되었다는 걸 알아채자 안색이 파리해졌다. 몇 번이나 몸을 일으키려고 안간힘을 썼으나 소용없었다.

"제, 제 몸이 왜… 묶여있어요?"

윤서가 자헌을 올려다보며 물었다. 큰 눈에는 두려움이 가득했다.

"그게… 어, 왜 그러냐면…"

자헌은 적당한 핑계를 대기 위해 머리를 굴렸다. 평소

라면 대답도 하지 않았을 텐데 말이다. 계춘이 황당한 표정으로 자헌을 쳐다봤다.

"왜 이 여자 말을 들어주고 있어?"

"여기 어디예요? 저한테 무슨 짓을 하는 거죠?"

계춘과 윤서가 모두 자헌을 쳐다봤다. 두 사람이 각자 다른 말을 하니, 자헌은 머리가 터질 것 같았다. 결국 계춘이 직접 움직였다. 주사기 밧드에서 수면마취제 성분이 주입된 작은 주사기를 꺼내 들었다.

"그건 뭐예요?"

윤서가 날카로운 목소리로 물었다. 다시 한 번 큰 소리를 내려는 순간, 눈앞이 번쩍였다. 계춘이 윤서의 뺨을 때린 것이다.

"이게 상황파악 못하고 시끄럽게 떠들고 있네?"

계춘이 무서운 목소리로 겁을 줬다. 그동안 이런 반응을 보인 사람들이 한두 명이 아니었다. 수상한 곳에서 눈을 뜨면 누구라도 발악할 것이다. 그들을 얌전하게 만들 수 있는 건 폭력뿐이었다. 종이 울리면 침을 흘리는 파블로프의 개처럼, 소란을 피우면 맞는다는 걸 몸으로 가르쳐줘야 했다. 계춘이 다시 손을 들어 올렸고, 윤서는 눈을 질끈 감았다. 솥뚜껑 같이 큰 손이 뺨을 내리치기 전, 자헌이 막아섰다.

"뭐야?"

"우리 시간 없어. 빨리 마무리하자."

자헌이 계춘의 손에 쥐어진 주사기를 빼앗아 윤서의 오른손등 혈관에 꽂았다. 주사기 누름대를 누르자 보틀 속 마취제가 투약됐다.

"이, 이거 뭐예요? 저한테 무슨 약을 주사하는 거예요?!"

윤서가 발작하듯이 몸을 움직였다. 눈물이 고인 눈이 안타깝게 반짝였다. 자헌은 그 모습을 보기 괴로워, 자신도 모르게 눈을 감아버렸다. 윤서는 감기는 눈을 억지로 치켜떴다. 이대로 잠이 들면 안 된다고, 본능적으로 느꼈다.

"제발, 살려주세요. 제발… 살… ㄹ…"

제아무리 정신을 잃지 않으려고 노력해도 약물을 이길 순 없었다. 윤서의 눈이 스스륵 감기며 눈꼬리를 타고 눈물이 흘러내렸다. 자헌은 못내 아쉬웠다. 예쁘고 맑았던 윤서의 눈. 그 눈을 다시 보고 싶었다.

상황을 지켜본 계춘은 자헌에게 할 말이 많았다. 윤서가 잠잠해지자 곧바로 입을 열었다.

"야. 너…"

"…쉿."

계춘이 말하기 전, 자헌이 자신의 입술 앞에 검지를 갖다 댔다. 눈짓으로 다른 침대를 살폈다. 듣는 귀가 있으니 조용히 하라는 거였다.

"너 진짜… 아휴, 됐다. 어차피 얼마 뒤에 폐기처리실로 갈 여잔데."

계춘이 고개를 절레절레 저으며 입을 꾹 닫았다. 자헌은 여전히 윤서를 바라보고 있었다.

* * *

자헌은 수술대 위 개복한 채 죽은 시신을 내려다보았다. 심장과 간을 적출해 뱃속이 텅 비어있었다. 일반 병원이라면 장기 적출 후 살을 꿰매서 유족에게 시신을 돌려준다. 고귀한 생명을 나눠준 자에 대한 존중이었다. 그러나 운화병원은 그럴 필요가 없었다. 시신을 받아 갈 유족도 없었고, 폐기 처리되면 흔적도 남지 않고 사라지기 때문이다. 그래도 민호는 망자에 대한 예우라며 배를 다시 꿰매줬으나 최근 수술이 많아지면서 후처리를 하지 못했다.

계춘은 수술실 뒷정리를 하고 있었다. 사용한 기구를 소독하고 부족한 용품은 없는지 확인하는 일이었다. 자헌도 계춘을 도와 수술 기구를 정리하며 말했다.

"오늘 폐기 처리해야 돼."

"윽. 저녁 먹기는 글렀군."

계춘의 얼굴이 단박에 일그러졌다. 생각만 해도 불쾌하다는 듯 기구를 정리하는 손길이 거칠었다. 자헌은 그런 계춘을 보고 피식 웃었다. 이제 익숙해질 법도 한데 아직도 어려운 모양이다. 자헌은 소독한 메스를 스테인리스 밧드에 넣으며 말했다.

"이거 네가 끌고 가. 나는 창고에서 폐기 물건 하나 더 가져갈 테니까."

"알았어."

계춘이 수술용 침대를 끌고 먼저 나갔다. 자헌도 수술실에서 나와 다인 병실로 향했다. 그는 복도를 걸어가며 손으로 헝클어진 머리카락을 빗었다. 다인 병실로 들어간 자헌은 윤서가 있는 침대로 고개를 돌리지 않으려고 노력했다. 그의 목표는 4번 침대였다. 조직검사 결과 에이즈 양성으로 판정돼 장기 이식이 불가능한 남자였다. 4번 침대의 커튼을 걷자, 눈을 뜨고 있던 남자와 눈이 마주쳤다. 남자의 얼굴에는 시퍼런 멍이 가득했다. 병실에서 시끄럽게 군 죄로 자헌과 계춘이 남겨준 표식이었다. 남자는 자헌을 보자마자 몸을 덜덜 떨었다. 두려움에 가득 찬 얼굴을 보며 자헌은 주머니에서 주사기를 꺼냈다. 마지막 가는 길은 편하게 보내줄 생각이다. 남자의 목에 주사기를 꽂아 마취제를 투약했다. 평소에 사용하던 마취제보다 훨씬 강한 약이었다. 남자의 눈도 감기며 몸의 경련도 멎었다. 자헌은 침대를 끌고 병실을 나왔다. 휴게실과 수술실을 지나쳐 폐기처리실에 도착했다. 자헌이 문을 열고 들어가자 이미 도착한 계춘이 전신 작업복을 입고 서 있었다. 마스크를 쓰고 있었지만 그가 어떤 표정을 짓고 있을지 눈앞에 그려져 자헌은 웃음이 났다.

"먼저 도착했으면 일 좀 하고 있지 그랬냐."

자헌이 놀리는 목소리로 얄밉게 말했다. 절대 계춘 혼자서 폐기를 처리하지 못한다는 걸 알고 있으면서 말이다.

"윽… 나 혼자서는 절대 못해…"

계춘이 약한 모습을 보였다. 하물며 앞에 놓여있는

특수 제작된 통 쪽으로 시선도 두지 못했다. 자헌은 피식 웃으며 캐비닛에서 전신작업복을 꺼내 입었다. 안전하게 준비를 마친 후 침대를 끌고 통 앞으로 다가왔다. 통은 총 세 개였는데, 그중 두 개의 통 뚜껑에 날짜가 적혀있었다. 가장 오래된 통의 뚜껑을 열자 가득 찬 액체 위 둥둥 떠 있는 살구색 덩어리가 보였다. 특수제작한 쇠막대기로 그 안을 휘휘 젓자 덩어리가 뭉그러지며 걸쭉한 수프처럼 변했다. 덩어리가 묽어지도록 손을 크게 움직여야 해서 힘이 많이 드는 작업이었다. 혼자서 쇠막대기로 젓던 자헌이 외쳤다.

"야, 일 좀 같이하자?"

"나 젓는 건 못한다니까…"

"다 저었어."

자헌이 쇠막대기를 내려놓으며 말했다.

"알았어. 갈게."

저멀리 떨어져 있던 계춘이 다가왔다. 두 사람은 힘을 모아 통을 들었다. 통 무게와 안에 든 걸쭉한 덩어리까지 더하면 100kg은 족히 넘었다. 처리기가 있는 곳까지 5m도 되지 않았지만 무게와 안에 든 물질의 위험성 때문에 옮기기 쉽지 않다. 계춘과 자헌은 마주 보고 통을 들어 옮겼다.

"으윽. 진짜 싫어!"

통이 안 보이는 쪽으로 고개를 돌린 계춘이 소리쳤다.

"야, 조심해. 여기 염산 섞인 거 알지? 이거 쏟으면 작업복 입어도 뒤진다. 너도 이 수프처럼 되고 싶으면 그렇게 하던가."

"악! 말을 해도! 알았어, 알았다고."

계춘이 질색하면서도 통을 바르게 잡았다. 처리기 앞까지 통을 옮긴 두 사람은 잠시 허리를 폈다. 처리기는 스파욕조처럼 아주 컸고, 레버가 달려있었다. 몸을 푼 자헌이 계춘에게 물었다.

"준비됐어?"

계춘이 고개를 끄덕였다. 자헌과 계춘이 통을 들어 올려 처리기 안에 내용물을 쏟아냈다. 마스크를 썼지만 불쾌한 냄새가 코를 찔렀다. 가득 찼던 통이 텅 비자 바닥에 내려뒀다. 처리기 안은 분홍색의 덩어리와 액체로 가득했다. 자헌이 레버를 누르자 처리기 바닥이 열리며 연결된 관으로 걸쭉한 덩어리가 흘러 나갔다. 다시 한 번 레버를 누르자 소독액이 나와 처리기 안을 깨끗하게 세척했다.

"통 가져가."

자헌의 말에 계춘이 통을 원위치로 가져갔다. 빈 통에 개복한 시신을 담은 자헌은 그 위에 염산을 부었다. 시신이 모두 잠길 수 있도록 넉넉하게. 그동안 계춘은 자헌이 데려온 남자를 다른 통에 넣었다. 그리고 자헌이 했던 것처럼, 남자의 몸이 잠기도록 염산을 붓고 뚜껑을 닫았다. 주머니에서 펜을 꺼낸 계춘이 두 개의 뚜껑 위에 동일한 날짜를 적었다.

"아흐, 드디어 끝났네."

"네거 한 게 뭐가 있다고… 내가 다 했지"

"대신 내가 다른 일은 더 하잖아… 통 안을 막대기로 젓는 거, 절대 못해. 절대…"

계춘이 생각만 해도 끔찍한 듯이 몸을 부르르 떨었다. 자헌이 전신 작업복을 벗었다. 땀에 젖은 머리카락이 얼굴에 달라붙어 가려웠다.

"밥 먹으러 가자."

"밥? 너는 밥이 넘어가냐?"

계춘이 비위 상한다는 표정으로 물었다. 자헌은 어깨를 으쓱였다. 점심 먹고 곧바로 수술실 보조를 하다가 폐기 처리까지 했다. 고된 일을 했으니 밥을 먹는 건 당연하다.

"점심 먹고 끝이었잖아. 배 안 고프냐?"

"뭐 먹게?"

계춘의 질문에 자헌이 씨익 웃었다.

"양평해장국."

* * *

불법 장기이식에도 절차가 있었다. 조직검사를 하고, 구매자를 찾아야 했으며, 수술 일정을 잡아야 했다. 다인 병실의 사람들은 짧게는 일주일부터 길게는 3주까지 감금됐다. 그들도 '살아있는' 사람이기에 음식을 먹고 화장실도 가야 했다. 자헌과 계춘은 장기 적출을 하기 전까지 이들을 관리했다.

음식이 담긴 카트를 끌고 가던 자헌이 복도에 걸린 거울을 확인했다. 무려 1시간이나 공들여서 완성한 헤어스타일인데 티가 나지 않아 속상했다. 귀찮은 표정이 역력한 계춘과는 달리, 자헌은 설렘을 감출 수 없었다. 카트를 끌고 가는 자헌의 뒤를 따라가던 계춘은 강한 향수 냄새에 고개를 두리번거렸다. 그 향의 근원지가 자헌이라는 걸 알아채고 깜짝 놀라 물었다.

"야, 너 설마 향수 뿌렸냐?"

자헌은 대답하지 않고 입을 꾹 다물었다. 계춘이 미친놈 보듯이 쳐다보는 걸 알았지만 못 본 체했다.

"미친놈… 옷도 안 빨아 입는 새끼가 향수는… 너 절대 그 여자에게 손대지 마. 알지? 송도현 그 새끼가 성범죄자 싫어하는 거. 물건에 손댔다가 걸리면 진짜 죽어. 이민호면 모를까, 우리 같은 놈들은 망설이지 않고 죽일걸?"

"야! 너는 나를 뭐로 보고… 내가 강간이나 할 놈으로 보이냐?"

자헌은 진심으로 기분이 나빴다. 불법 장기이식 병원에서 수술 보조를 하니 떳떳하다고 할 수는 없지만, 그래도 성폭행이나 할 놈으로 보다니. 감히 불손한 마음을 먹을 수도 없게 아름다운 여자였다.

"그래. 절대 그런 짓 하지 마. 오랜 친구 잃고 싶지 않다."

계춘이 자헌의 어깨를 두드렸다. 다인 병실 앞에 멈춰 선 자헌이 문 앞에 붙은 배치도를 확인했다. 어제 폐기

처리를 마쳐 3번과 6번 침대를 제외하고 비어있었다. 계춘이 다인 병실 문을 열자, 자헌이 카트를 끌고 들어갔다.

"맘마 먹을 시간이다~"

마치 어린아이들에게 이야기하듯이, 계춘이 과장된 목소리로 소리쳤다. 물론 그 말에 대답하는 사람은 아무도 없었다. 카트에서 유동식을 꺼낸 계춘은 3번 침대로 다가갔다. 윤서가 있는 6번 침대는 자연스레 자헌의 차지였다. 자헌은 유동식을 들고 6번 침대로 다가갔다. 마침 눈을 뜨고 있던 윤서는 자헌을 빤히 올려다봤다. 자헌은 시선을 피하며 음식을 먹이기 위해 재갈을 풀었다.

"화장실에 가고 싶어요."

윤서가 기다렸다는 듯이 말했다. 고개를 끄덕인 자헌은 침대 억제대를 풀고 윤서의 두 손목을 끈으로 결박했다. 윤서의 입에 다시 재갈을 물리고 팔뚝을 잡아 일으켜 세웠다. 가까이 붙은 윤서의 몸을 의식하지 않기 위해 노력했다. 그리고 계춘을 향해 무심하게 툭, 말을 던졌다.

"화장실 갔다 올게."

"어? 어. 야, 아까 내가 한 말 잊지 않았지?"

'손대지 마.' 계춘이 입만 벙긋거렸다. 자헌은 가운뎃손가락을 올려 보였고, 계춘이 낄낄대며 웃었다. 병실을 나온 자헌과 윤서가 복도를 함께 걸었다. 윤서는 아주 느리게 걸으며 주위를 살펴봤다. 다른 사람이었으면 어딜 보냐고 뒤통수를 세게 맞을 행동이었다.

"고개 숙여. 바닥만 보고 가."

자헌은 폭력 없이 경고만 했다. 그의 말에 윤서는 곧바로 고개를 숙였으나 눈알을 이리저리 굴리며 주위를 확인하려고 했다. 자헌이 그걸 모를 리 없었지만, 굳이 화를 내진 않았다.

화장실에 도착하자 자헌이 문을 닫았다. 원래는 화장실 칸막이에 들어가도 문을 열고 용변을 보게 하는데 특별 대우였다. 문을 닫아 복도와 차단된 것을 확인한 윤서가 자헌에게 애원하기 시작했다.

"으의! 으으으…"

윤서는 묶인 두 손을 들어 입가를 가리켰다. 재갈을 벗겨달라고 온몸으로 호소했다. 계춘에게 뺨을 맞은 이후로는 절대 소리를 내지 않았던 그가 간절한 표정으로 자헌을 올려다보았다. 자헌은 재갈을 풀어줄 필요가 없다고 생각했지만, 손이 제멋대로 움직였다.

"아주 잠깐만이야."

자헌이 윤서의 입에 물린 재갈을 풀어줬다.

"제발 살려주세요. 제발요, 제발…"

윤서가 속사포같이 말을 쏟아냈다. 혹시라도 누가 들을까 작은 목소리로 애원했다. 자헌은 난처한 표정을 지었다. 재갈을 풀어주면 이런 부탁을 할 거라고 예상하지 못한 건 아니었다.

"네 목숨이 내 손에 달린 게 아냐."

자헌은 솔직하게 말했다. 윤서를 살릴 수 있는 권한이 자신에게 있었다면, 기꺼이 살려줬을 것이다. 그러나 그가 할 수 있는 건 없었다. 죽기 전까지 남들보다 편하게 지낼 수 있도록 신경 써주는 것 외에는 말이다. 이러한 사실을 알 리가 없는 윤서는 간절히 빌었다.

"돈이 필요하신 거라면 드릴게요. 얼마 드리면 돼요? 제가 어떻게든 마련할게요."

그 말에 자헌이 낮게 비웃었다.

"네 몸값이 얼마인 줄 알고? 너 50억 가져올 수 있어?"

자헌의 말에 윤서의 눈이 커졌다. 1억도 아니고, 5억도 아니고, 무려 50억. 일반인이라면 평생 살면서 만져

보지도 못할 큰돈이었다.

"오, 오십억… 이라고요? …가, 가져올게요."

"거짓말. 너도 지킬 수 없는 말인 거 알지?"

사실 심장, 각막, 간, 인육을 모두 팔아도 50억은 아니었다. 조직검사 결과가 일치해야 하고, 수술이 가능한 일정을 조율하기 때문에 모든 장기를 파는 건 불가능했다. 윤서도 마찬가지다. 두세 개 팔면 많이 판 것이다. 자헌은 윤서가 포기하도록 일부러 말도 안 되는 금액을 불렀다. 운하병원의 비밀을 안 이상, 절대 살아서 나갈 수 없다.

"제발 살려주세요… 저 이제 스무살이에요. 왜 하필 저예요, 왜…"

윤서가 덥석 자헌의 손을 잡았다. 자헌은 굳은살이 잔뜩 박인 자신의 손에 부드러운 감촉이 닿자, 소스라치게 놀라며 손을 빼냈다. 갑작스러운 스킨십에 심장이 쿵쾅거렸다.

"살려만 주세요. 진짜 뭐든지 할게요. 시키는 건 다 할게요…"

"안 돼. 여기에 들어온 이상 살아서 나갈 수 없어."

자헌은 다시 한 번 단호하게 말했다. 윤서의 아랫입술

이 떨리더니, 눈물이 차올랐다. 눈을 한 번 깜빡이자, 눈물이 볼을 타고 흘러내렸다. 자헌은 여자가 우는 건 처음 봐서 어쩔 줄 몰랐다. 달래줄 수도 없고, 외면하기도 힘들었다.

"저 아직 하고 싶은 게 많아요… 저를 기다리는 가족도 있단 말이에요…"

하고 싶은 것이라. 자헌은 자신이 하고 싶은 걸 떠올렸다. 운화병원에서 일하면서 돈은 많이 벌고 있지만 인생의 낙이 없었다. 번 돈으로 명품도 사고, 비싼 음식도 먹어봤지만 기쁨은 오래가지 않았다. 일상을 나눌 사람이 필요했다. 맛있는 것을 같이 먹고, 데이트하며 웃고 떠들 여자를 만나고 싶었다. 자헌이 상상에 빠졌다. 일을 마치고 집에 가면 윤서와 반겨주는 삶. 엄마와 붕어빵처럼 닮은 예쁜 딸이 안겨 오고, 웃고 떠드는 행복한 가정. 이게 자헌이 '하고 싶은 것'이다.

"살려만 주신다면 이 은혜 절대 잊지 않을게요. 꼭 갚을게요…"

드라마나 영화에서 목숨을 구해준 남자와 사랑에 빠지는 여자의 이야기는 흔한 클리셰다. 그런 일이 자헌에게 일어나지 말라는 법은 없다. 운화병원에 대해서 모르는 게 없는 자헌이 돕는다면, 윤서가 탈출에 성공할 수도 있다. 사랑의 호르몬 옥시토신이 분비되어서 그런 걸까. 자헌은 무척 긍정적인 생각을 이어 나갔다.

사랑에 빠진 남자는 바보가 된다. 눈치 빠르고 영악한 자헌도 다를 게 없었다. 지금 하는 생각이 얼마나 위험한 일인지 알면서도 무모한 선택을 하고 만 것이다.

4 이민호

　가난을 벗어나기 위한 가장 쉬운 방법은 공부뿐이다. 민호가 어린 나이에 깨우친 진리였다. 귀가 얇아 사기를 잘 당하는 어머니와 도박으로 집문서를 날린 아버지 밑에서 이를 악물고 공부했다. 한국에서 제일가는 명문 의대에 입학하고도 긴장을 늦출 수 없었다. 학비가 너무 비싸서 장학금을 받지 못하면 학교에 다닐 수 없었기 때문이다. 코피 터지게 공부하고, 남는 시간에는 아르바이트하니 24시간이 부족했다.

　찢어지게 가난한 의대생. 구질구질해보일 것 같지만 그렇지 않았다. 잘생긴 얼굴은 가난으로 가려지지 않았기 때문이다. 민호에게 관심을 갖는 여자 동기들이 많았지만 쉽게 다가가지 못했다. 여자든, 남자든 곁을 내주지 않았다. 우수한 성적으로 학교를 졸업하는 게 목표였던 그는 자발적 아웃사이더였다. 민호는 대학병원 의사가 돼서 지긋지긋한 가난에서 벗어나고 싶었다. 사위에게 병원을 개업시켜 줄 수 있는 멋진 부모를 가진 여자와 결혼하는 게 꿈이었다. 그 꿈을 이룰 날이 멀지 않았다고 생각했다. 의사면허만 취소당하지 않았다면 말이다.

지금 생각해도 이해할 수 없는 의료사고다. 민호에게 소송이 걸리자, 선배들은 무혐의 처분을 받을 거라며 대수롭지 않게 말했다. 의료 소송에서 패소하는 의사는 극히 드물었다. 결과는 충격적이게도 의료소송에서 패소했다. 짜인 판 위에 세워진 꼭두각시처럼 끌려다녔고 모든 정황이 그를 벼랑 끝으로 몰아갔다. 민호는 의사면허가 취소된 날을 잊지 못한다. 하늘이 무너지는 기분이었다. 불행 중 다행이라면 의사면허는 취소 후 3년만 지나면 재교부를 받을 수 있다. 즉, 3년 동안은 의사로서 돈을 벌지 못한다는 것이다. 그러나 민호는 한시도 돈을 벌지 않을 수 없었다. 그의 부모는 하루가 멀다고 전화해서 돈을 보내라고 닦달했다.

그때 민호에게 다가온 사람이 도현이었다. VIP에게 불법 장기이식 수술을 해줄 능력 있는 의사가 필요하다고 했다. 제안에 거부감이 든 건 당연했다. 대학병원에서 일하던 그가, 불법 병원에서 메스를 든다는 건 상상도 하지 못했다. 도현은 민호에게 대학병원에 있을 때보다 더 많은 월급을 주겠다고 유혹했다. 목구멍이 포도청이라고, 마음을 고쳐먹었다. 딱 3년, 의사면허를 재교부받을 때까지 이곳에서 일을 하기로 말이다.

민호는 정확히 어떤 프로세스로 장기매매가 이루어지는지 몰랐다. 그의 업무는 지하 수술실에서 스케줄에 따라 장기이식을 하는 것뿐이었다. 가끔 장기를 적출해 멸균 아이스박스에 담기도 했다. 박스에 담긴 장기가 어디로 배달되는지 몰랐다. 알고 싶지도 않았다.

이렇게 돈만 생각하면서 2년 반을 운화병원의 수술대 앞에 섰다. 이제 반년 남았다. 반년 후면 취소된 의사면허를 재발급 받고 이곳을 떠날 수 있다. 민호는 그날만 손꼽아 기다렸다.

* * *

민호는 매일 눈코 뜰 새 없이 바빴다. 장기이식은 많은 시간이 필요한 고난도 수술이다. 자헌과 계춘이 보조해도 간호사 면허증도 없는 그들이 할 수 있는 건 한정적이었다. 무엇보다도 민호는 두 사람을 믿지 않았다. 꼼꼼하지 않아 덤벙거리고 실수가 잦았기 때문이다.

수술실 정리는 자헌과 계춘의 몫이었다. 꼼꼼하게 뒷정리하고 기구를 소독하면 되는데, 두 사람은 아주 쉬운 일도 제대로 하지 못했다. 이곳이 대학병원이었으면 눈물이 쏙 빠질 정도로 혼났을 것이다. 수술실은 감염에 취약해서 소독과 정리를 꼼꼼하게 해야 했다. 참다못한 민호는 수술 전 준비를 하는 두 사람을 찾아와 잔소리했다.

"감염 일어나지 않게 소독 잘해야 한다고 몇 번을 이야기해요? 이것 봐요, 소독 하나도 안 해놓고."

민호는 밧드 속에 담긴 기구를 가리키며 말했다. 계춘과 자헌은 듣기 싫은 티를 내며 뚱한 표정을 지었다. 그러나 민호는 잔소리를 멈추지 않았다.

"중요하다고 여러 번 말했잖아요. 이러다가 감염 일어나면 큰일 나요."

"바빠서 그랬어요."

계춘이 변명이랍시고 입을 열었으나, 민호를 더 화나게 만들었다. 차라리 자헌처럼 불쾌한 표정을 짓더라도 입을 닫고 있는 게 현명했다.

"여기 바쁘지 않은 사람이 어디 있어요? 바쁘더라도 할 건 해야죠. 수술이 장난이에요?"

민호의 깐깐한 목소리에 계춘의 얼굴이 일그러졌다. 험악한 인상이 더욱 사나워졌다.

"아, 알았다니까요. 도와주실 거 아니면 좀 나가세요. 준비하느라 바빠죽겠으니까."

계춘이 눈을 부라리며 대꾸했다. 기분이 상한 민호는 시선을 피하지 않고 똑같이 노려봤다. 분위기가 심상치 않다는 걸 감지한 자헌이 계춘의 팔뚝을 잡았다. 입조심하라는 무언의 경고였다. 그러나 계춘은 눈에 힘을 풀지 않았다. 자헌도 민호의 잔소리가 듣기 싫지만, 수술실을 제대로 정리하지 않은 건 명백한 잘못이었다. 민호의 하얀 얼굴이 붉으락푸르락했다. 결국 자헌이 중재하기 위해 나섰다.

"선생님. 죄송해요. 세 시간 후에 있을 수술에 문제 생기지 않도록 철저히 준비하겠습니다. 피곤하실 텐데 조금 쉬었다가 오세요."

"…알겠어요. 같은 말 반복하지 않게 해주세요."

자헌의 사과에 민호도 화를 누그러트렸다. 계춘은 여전히 눈을 재수 없게 뜨며 민호를 노려봤다. 같은 공간에 있어봤자 싸움만 일어날 것 같아서 민호는 서둘러 자리를 떴다. 민호가 수술실을 나가자마자 계춘이 크게 소리치며 화를 냈다. 닫힌 수술실 문 너머까지 들릴 커다란 목소리였다.

"아니, 좆만한 새끼가 존나 깝치잖아. 그렇게 일 잘하는 새끼가 의료사고는 왜 냈대? 의사면허도 취소된 돌팔이가 대접받으려고 하고 있어."

걸음을 옮기던 민호가 발걸음을 멈췄다. 저런 놈한테까지 무시당하니 자존심이 상해서 화가 났다.

"야, 조용히 말해. 다 들려."

자헌이 계춘을 말리는 소리가 들렸다.

"들으라고 하는 소리야! 송도현이 예쁘게 봐주니까 눈에 뵈는 게 없나… 명문 의대? 좆까라 그래. 그래봤자 여기 와서 불법 수술이나 하는 주제에…"

민호는 몸이 부들부들 떨렸다. 머리가 어지럽고 숨이 제대로 쉬어지지 않았다. 급히 옥상으로 올라갔다. 옥상 문을 박차고 나간 민호는 숨을 크게 쉬었다. 신선한 공기를 마시니 현기증이 덜했다. 고층 빌딩이 많아 시야가 탁 트이진 않았지만 답답한 속이 뚫리는 기분이었다. 옥상 난간에 다가간 민호는 생각에 빠졌다. 잘못을 인정하지 않고 자신을 비난하는 계춘이 같잖았다. 대학병원에도 성격이 이상한 사람들이 많았지만, 이렇게 질이 낮진 않았다. 절이 싫으면 중이 떠나라고 했다. 민호는 주머니에서 핸드폰을 꺼내 설정된 디데이를 확인했다. 의사면허 재교부까지 165일. 민호는 눈을 감고 숨을 크게 들이마셨다. 조금만, 조금만 더 참자. 여기만 나가면 다시는 마주칠 일이 없는 사람들이니까.

우웅. 민호의 손에 쥐고 있던 핸드폰이 진동했다. 액정화면에는 '어머니'라는 문구가 떠 있었다. 받고 싶지 않았지만, 그러면 받을 때까지 전화할 게 뻔했다. 결국 민호는 전화를 받았다.

"네. 무슨 일이에요?"

"너는 왜 이렇게 전화를 늦게 받니? 큰일이야, 아주 큰일이 났다고!"

민호의 엄마, 윤경자는 아들이 전화를 받자마자 야단법석을 떨었다. '큰일'이라는 말에 민호는 심장이 내려

앉았다.

"또 무슨 일이 생겼어요?"

"네 아비가 또 도박을 했는데… 글쎄 금액이…"

금액을 듣는 순간, 민호는 아무것도 생각할 수 없었다. 제대로 들은 게 맞는지 의심이 될 정도였다. 민호는 떨리는 목소리로 되물었다.

"지금 얼마라고…"

"2억이라니까. 너 엄마 말 안 듣고 있었어?"

2억. 민호는 손에 힘이 풀려 핸드폰을 떨어트릴 뻔했다. 2백만원도, 2천만원도 아니고 2억이라니.

"어… 어떻게 2억이나…"

"몰라. 일주일 동안 코빼기도 안 보이더니, 빚쟁이를 데리고 집에 온 거 있지?"

삐이. 갑작스러운 이명에 민호가 인상을 찌푸렸다. 어지럽고 속이 울렁거렸지만 전화를 끊을 수 없었다. 민호는 정신을 다잡으며 말했다.

"안 갚아도 돼요. 도박 빚은 안 갚아도 법적으로 문제 안 돼요."

대한민국 민법 제746조에 따르면, 불법의 원인으로 인하여 재산을 급여하거나 노무를 제공한 때에는 그 이

익의 반환을 청구하지 못한다. 도박 빚은 이에 해당하는 불법 원인 급여니, 갚지 않아도 전혀 문제가 되지 않는다. 어려서부터 도박에 빠진 아버지 때문에 관련 법을 줄줄 외우고 있는 민호였다.

"죽이겠다고 난리야… 어제도 칼 들고 와서 집안 물건 다 부시고… 네가 의사인 걸 알고 찾아가겠다고 하더라고…"

경자의 다 죽어가는 목소리에, 민호는 하늘이 노래졌다. 빚쟁이가 병원을 찾아오겠다고? 갚지 않아도 되는 돈인 걸 아니까 망신을 줄 생각인 거다. 민호는 화가 치밀었다. 도대체 뭘 잘못해서, 이렇게 살아야 하는 걸까. 상상할 수 없는 큰돈을 벌면서도 왜 매일 돈걱정을 걱정해야 할까. 언제까지 밑 빠진 독에 물을 부어야 할까. 귀에 들리던 이명은 이제 웅성거리는 소리로 바뀌었다.

저놈, 빚이 엄청 많대.
부모가 등에 빨대 꽂았다던데.
그런 부모 밑에서 나온 놈이라니, 뻔하지. 쓰레기네.

어지러움을 느낀 민호가 자리에 주저앉았다. 귓가에

서 떠드는 사람들의 목소리는 사라지지 않았다. 지쳤다. 민호는 더 이상 아무것도 걱정하고 싶지 않았다. 부모가 원망스러웠다.

"도대체 나한테 왜 이러는 거예요? 매달 드리는 돈으로도 부족해요?"

"민호야… 진짜 미안해… 그런데 이번만 도와주면 안 되겠니? 너희 아비랑 나 죽이겠다고 칼을 꺼내들었다니까… 그래도 대학병원 의사인데 2억정도는…"

"매달 돈을 그렇게 보내드리는데 수중에 돈이 남아나겠어요? 돈 없어요. 알아서 해결하세요."

민호는 일방적으로 전화를 끊었다. 금세 다시 전화가 오자, 신경질적으로 핸드폰 전원을 껐다. 너무 화가 나서 눈물이 흘렀다. 도대체 뭘 잘못했길래 인생이 이렇게 힘들까. 어떻게 해야 이 고통에서 벗어날 수 있을까.

그때 민호의 앞에 그림자가 졌다. 눈물로 엉망이 된 얼굴을 들어보니, 도현이 서 있었다. 그가 오른손에 든 담배를 톡톡 털자 담뱃재가 날렸다.

'미친, 쪽팔려…'

민호는 손으로 얼굴을 가렸다. 이럴 때는 못 본 척하고 지나가지, 굳이 아는 체를 하는 도현이 싫었다.

"담배 좀 피우러 왔더니, 왜 질질 짜고 있어?"

"…아무것도 아니에요."

"2억이 아무것도 아니야?"

들었구나. 민호가 아랫입술을 깨물었다.

"담배 줄까?"

도현이 주머니에서 담뱃갑을 꺼내 권했다. 민호가 고개를 젓자, 도현은 손에 들고 있던 담배를 땅에 던져 발로 비볐다. 그는 주머니에서 민트향 캔디를 꺼내 입에 넣었다.

"의사라서 몸에 안 좋은 건 안 하나봐?"

도현은 웃으며 민호 앞에 쭈그려 앉았다. 담배냄새와 민트향이 섞여 알싸하고 매운 향이 민호의 코끝에 닿았다. 그만큼 가까운 거리였다. 민호는 눈물을 흘려 엉망인 얼굴을 보이고 싶지 않아 필사적으로 고개를 숙였다.

"뭔데. 2억이 필요해?"

"아뇨, 아무것도 아니에요. 신경 써주셔서 감사하지만 제가 알아서 할게요."

"근데… 여기서 2년 반 일했으니까 2억은 훨씬 넘게 벌었을 거 아냐. 그 돈이 없어?"

"그…렇죠. 있죠, 그 돈은."

어쩔 수 없이 민호는 거짓말을 했다. 이렇게라도 하지 않으면 그 돈을 다 어디에 썼냐고 꼬치꼬치 캐물을 것이다. 그러나 민호의 얄팍한 거짓말에 속을 도현이 아니었다. 도현은 어림없다는 표정으로 다시 물었다.

"근데 왜 질질 짰어?"

민호는 마른침을 삼켰다. 굳이 말하고 싶지 않은 이야기다. 얼마나 한심해 보일까? 도박 빚을 지는 부모를 둔, 의료사고로 면허가 취소된 의사. 무시당하고 싶지 않았다. 그럴싸한 이유를 대지 않으면 도현은 쉽게 물러나지 않을 것처럼 보였다. 짧게 고민한 민호는 입을 열었다.

"그… 계춘 씨가 너무 어려워요."

계춘을 팔기로 한 것이다. 민호의 입에서 나온 이름에 도현이 의아해했다. 곧 눈을 반짝이며 흥미로운 이야기를 들은 것처럼 관심을 보였다.

"왕계춘? 왜?"

"수술실 좀 깨끗하게 정리해달라고 했더니, 싫은 티를 내더라고요. 수술 중 감염이 일어나지 않으려면 정말 중요한 일이거든요. 이야기 좀 했더니, 막 뭐라고 하는데…"

"뭐라고 했는데?"

도현의 깊게 파고드는 질문에 민호는 조금 당황했다. 적당히 넘어갈 줄 알았는데 의외의 반응이었다. 계춘에게 들은 모욕을 이야기하는 것도 창피했다. 선생님께 이르는 학생이 된 것 같아서 싫었다. 잠시 머뭇거리던 민호는 결국 입을 열 수밖에 없었다. 가정사를 이야기할 바에는, 계춘에게 당한 모욕을 말하는 편이 나았다.

"의료… 사고나 낸 돌팔이라고요."

"너한테 그렇게 말했다고?"

도현이 인상을 찌푸리며 격앙된 목소리로 물었다. 민호는 화를 내는 도현을 보며 당황해서 말을 덧붙였다.

"아뇨, 저 나가고 나서… 들으란 듯이 크게 말하더라고요. 엿들은 건 아니고요."

괜한 말을 했나. 민호는 슬그머니 눈치를 봤다.

"왕계춘, 이 새끼가 그동안 안 처맞았더니 미쳤나… 너한테 그랬다고? 주제를 모르고?"

민호는 도현의 태도가 낯설었다. 피도 눈물도 없는 로봇 같은 사람이라고 생각했는데 편을 들어줄 줄은 꿈에도 몰랐다. 민호는 수술을 집도하는 의사라서 편의를 많이 봐줬지만, 직원들 사이에 사사로운 감정싸움에 개입

하지 않았다. 물론, 민호가 시시콜콜한 이야기를 전하지 않으니 당연한 일이었다.

"명문 의대 나온 의사가 그런 놈들이랑 같아? 내가 너를 얼마나 어렵게 데려왔는데… 너는 운화병원에 없으면 안 되는 핵심이잖아."

사람 마음이 간사했다. 유치한 거 아는데, 도현이 공감을 해주자 민호도 속에 있던 말을 쏟아냈다.

"참으려고 했는데, 매일 같은 실수를 해서 지적하게 만들더라고요. 제 말을 제대로 듣지 않고 무시하니까 이러는 거잖아요."

"왕계춘이 설치고 다녔네. 이자헌은?"

"자헌 씨는… 괜찮아요. 딱히 힘들게 하진 않아요."

민호는 자헌에 대해서는 굳이 말을 얹지 않았다. 사이가 좋은 건 아니지만, 그래도 일할 때 불편하게 하는 건 없었다.

우드득, 도현이 손가락 관절을 꺾으며 몸을 풀었다.

"왕계춘, 이 새끼가 문제네. 내가 다시는 이런 일이 없도록 잘 가르쳐놓을게."

"…네?"

도현의 말에 민호가 불안한 목소리로 되물었다. 가르

쳐 놓는다는 게, 어떤 의미일까. 잘 알아듣게 이야기한다는 것인지, 아니면… 앞에서 몸을 풀고 있는 도현을 보니 후자일 가능성이 높아 보였다.

"걱정하지 마. 네가 곤란하지 않게 정리할 테니까."

"아니, 그러지 않으셔도…"

"나는 진짜로 널 도와줄 마음이 있다니까? 너도 알 거 아냐. 내가 너한테 왜 이렇게 목을 매는지. 나 이용하는 거라도 상관없어. 아니, 마음 내키는 대로 이용해. 내 뺄 생각하지 말고 나와 일하자니까."

민호는 속이 뜨끔했다. 의사면허만 재발급되면 그만둘 거라는 걸 도현이 알고 있었다. 무서운 일을 하는 놈이니 나가지 말라고 협박할 거라고 생각했지, 이렇게 회유할 줄 몰랐다.

"마음 좀 추스르고 내려와."

도현이 옥상 문을 열고 나갔다. 민호는 닫힌 문을 한참 쳐다봤다. 인간이란 참 유치했다. 속상한 일이 있을 때 편 좀 들어줬다고, 처음으로 도현이 가깝게 느껴졌다.

* * *

마지막 수술을 마치고 나온 민호가 개인 휴게실 소파에 늘어지듯 누웠다. 장시간 수술에 지쳐 깜빡 선잠이 들었다. 똑똑, 하고 들려온 노크 소리가 아니었다면 그대로 다음 날 아침까지 잤을지도 모른다.

"섬생밈, 저 왕계추닙니다. 드릴 말쓰미 있습미다."

문밖에서 들리는 목소리에 민호는 깜짝 놀라 몸을 일으켜 세웠다. 이곳은 민호 개인 휴게실이라 계춘과 자헌은 오지 않았다. 평소 계춘의 성격이라면 벌컥 문을 열 텐데, 노크라니. 게다가 발음도 이상했다.

"네, 들어오세요."

휴게실 문이 열리고, 계춘이 들어왔다. 계춘과 눈이 마주친 민호는 자신도 모르게 입이 벌어졌다.

"섬생밈, 죄송함미다."

계춘이 다 새는 발음으로 사과했다. 그의 얼굴이 말도 아니었다. 흠씬 두들겨 맞아 부은 눈은 제대로 뜨기도 어려워보였다. 콧대와 뺨, 눈에는 피멍이 자리잡았다. 게다가 치아가 빠진 건지, 아니면 입안이 터진 건지 말하기도 어려워 보였다.

"다시는 그러지 안게씁미다. 수술실도 깨끄타게 정리

하게씀미다."

계춘은 기가 잔뜩 죽어있었다. 늘 버릇없게 치켜뜨던 눈이 다소곳하게 바닥을 향해있었다. 재수 없게 빈정거리던 목소리도 고분고분했다. 민호는 당황해서 허둥지둥 대답했다.

"아, 알겠어요. 그, 그런데 괜찮은 거예요?"

"내. 갠찬슴미다. 사과 바다주시는 거죠?"

계춘이 두려운 얼굴로 물었다. 민호는 세차게 고개를 끄덕였다.

"그, 그럼요."

"그러면 송섬생님께 저나를 해주세요. 사과 바다줬다고…"

역시 도현이 벌인 일이었다. 민호는 죄책감이 들었다. 계춘이 잘못한 건 맞지만, 그렇다고 이렇게 얻어맞을 일은 아니었다. 어떻게 도현에게 당했는지 몰라도 계춘은 민호를 원망하지 않았다. 아니꼬운 마음으로 억지로 사과하는 게 아니라 겁에 질린 사과였다.

"예? 아, 네. 네. 전화할게요."

"내. 감사합니다. 펴난한 밤 대세요…"

계춘이 휴게실을 나가고 난 후, 민호는 한동안 움직

일 수 없었다. 간신히 정신을 차리고 핸드폰을 꺼내 들었다. 빨리 전화를 하지 않으면 또다시 계춘에게 폭력을 가할 수 있다는 생각이 들었다. 몇 번의 신호음이 가고 도현이 전화를 받았다.

"사과받아 줬나 보네?"

"네… 이렇게 하실 줄은… 아니, 왜 이렇게까지…"

도현의 웃음기 어린 목소리에 민호는 소름이 돋아 두서없이 말을 내뱉었다. 무서웠다. 민호도 병원을 그만둔다고 말하면 계춘처럼 될 수 있다는 경고처럼 보였다.

"원래 한 번 손댈 때 제대로 해야 해. 어설프게 밟아 놓으면 기어오르려고 한다니까?"

"그래도… 저때문인 것 같아서…"

"널 위해서 이 정도도 못 해줄 것 같아? 나는 네가 생각하는 것보다 더 많은 걸 해줄 수 있다니까. 원하는 게 있으면 말해. 언제든지 도와줄게."

"…아니에요. 이런 도움은 원하지 않았어요… 아무튼 더 이상 계춘 씨를 혼내지 말아 주세요."

서둘러 전화를 끊은 민호는 쿵쾅거리는 마음을 진정시키기 위해 노력했다. 도현은 이곳의 왕이었다. 같이 일할 동료로 민호를 선택했고, 달콤한 혜택을 맛보여줬다.

작정하고 그 호의를 이용한다면, 병원 생활이 훨씬 편해질 것이다. 굳이 일반 병원을 가야 할 필요가 있을까? 월급을 올려달라고 하면 더 줄지도 모른다. 차라리, 부모와 연락도 끊고 이렇게 살아버릴까. 민호의 핸드폰 액정에 알림 팝업이 떴다.

서울은행 송도현 50,000,000원

은행에 입금된 금액을 알리는 푸시알람이었다. 이어 문자메시지가 도착했다.

이걸로 급한 불부터 꺼.

"…하."

민호가 깊은 한숨을 내쉬었다. 무섭도록 달콤한 호의였다. 그러나 이것이 발목에 채우는 족쇄라는 걸 알고 있다. 절대 흔들리면 안 된다. 민호가 머리를 좌우로 흔들었다. 불법 장기이식 병원을 전전하는 그런 의사로 살고 싶진 않았다. 벗어나자. 벗어나야 한다. 민호는 핸드폰 액정 화면에 의사면허 재교부 날짜를 다시 확인했다.

다시 이명이 들렸다. 사람들의 웅성거림이 들려왔다. 컨디션이 좋지 않았다. 머리가 핑 도는 기분이 들어, 가만히 눈을 감았다. 환청은 한참 동안 그를 괴롭혔다.

5 VIP의 특별한 의뢰

양경희의 인생은 참으로 순탄했다. 국회의원 아버지와 대학교수 어머니 밑에서 태어나 최고의 교육을 받았다. 그 당시 IT 스타트업 대표를 만나 결혼식을 올렸다. 우리나라가 앞으로 IT강국이 될 거라던 아버지의 말대로, 불과 10년 만에 글로벌 기업으로 자리 잡았다. 가정도 평화로웠다. 경희를 닮은 예쁜 딸은 미국으로 유학을 가서 해외지사 대표가 됐고, 남편을 닮은 잘생긴 아들은 회사를 물려받기 위한 경영 교육을 받고 있다. 남들이 부러워할 이상적인 가정이었다.

그런 경희의 인생에도 고비가 찾아왔다. 재작년부터

남편의 건강이 안 좋아지더니 확장성 심근병증 판정을 받았다. 심장이 확장되면서 기능이 약해져서 조금만 걸어도 숨이 차는 병이다. 이뿐만 아니라 전신 부종이 생기고 복수가 차서 일상생활이 어려웠다. 담당의는 현존하는 내·외과적인 방법으로는 회복이 불가능하다며 심장이식을 권했다. 그러나 장기이식 대기자에 이름을 올리고 기다리려니, 상당히 오랜 시간이 걸렸다. 문제는 하나 더 있었다. 경희의 남편이 희귀혈액형 보유자란 것이다. 30만 명에 한 명꼴로 나타나는 '바디바바디바 O형'이다. 운 좋게 뇌사자의 심장을 이식받을 수 있는 기회가 생겼으나, 병원에선 혈액이 부족해 수술이 어렵다고 난색을 보였다. 환장할 노릇이었다. 의사에게 뒷돈을 주겠다고 회유를 해보기도 했고, 병원 후원을 끊어버리겠다고 협박해보기도 했다. 그러나 돌아오는 대답은 같았다.

수술할 만큼의 혈액이 없습니다. 최선을 다해 혈액을 구해보도록 하겠습니다. 죄송합니다.

남편의 투병 사실을 어디에 알릴 수도 없었다. 기업

회장의 건강 이상설이 보도되면 주가가 휘청일 게 분명했다. 그래서 속으로만 끙끙 앓았다. 사교모임도 나가기도 싫어서 이리저리 핑계를 대고 피했다. 그래서 미애와 만남이 불편했다. 몸이 좋지 않다고 하니 집에 병문안을 오겠다고 해 거절할 수 없었다.

경희는 맞은편 소파에 앉은 미애를 바라보았다. 나이가 가늠되지 않는 아름다운 중년의 여성이었다. 피부는 주름 하나 없이 반질반질했으며 윤광이 났다. 경희는 드라이를 하지 못한 머리카락이 신경 쓰였다. 아프다는 사람이 헤어샵을 다녀오는 것도 우스워 최대한 수수한 모습으로 맞이했는데 부끄러웠다.

"저희 1년 만에 보는 거죠? 그 사이에 얼굴이 많이 핼쑥해지셨네요."

미애가 걱정스러운 얼굴로 네 번째 손가락에 낀 다이아몬드 반지를 만지작거렸다. 다이아몬드가 너무 커 한쪽으로 쏠린 반지를 가운데로 정렬했다.

"몸이 조금 안 좋아서요. 걱정해 주셔서 감사해요."

경희가 차를 마시며 대답했다. 미애가 다 알고 있다는 표정으로 입을 열었다.

"풍문으로는 회장님 몸이 안 좋다는 이야기가 있던데

요. 그래서 마음고생하시는 거 아니에요?"

"그건 뜬소문이에요."

경희가 빠르게 부정했다. 올해 초, 증권가 지라시를 통해 S기업 회장의 건강 이상설이 돌았다. 이미 알 만한 사람은 다 알고 있지만 S기업의 공식 입장은 '사실무근' 이었다. 이를 모를 리 없는 미애가 입꼬리를 비틀어 올렸다.

"서운하네요. 우리끼리 이런 이야기도 못해요? 아프신 게 아니라면 왜 회장님께서 공식 석상에 모습을 드러내지 않으실까요?"

미애의 질문에 경희는 입을 꾹 다물었다. 이래서 사람을 만나기 싫었다. 꼬치꼬치 물어보니까. 미애가 분위기를 누그러트리며 말했다.

"저는 따지려고 온 게 아니에요. 도와드리러 온 거지."

"도와주시다니요?"

"회장님 아프신 거 맞죠?"

"…네, 맞아요."

결국 경희는 인정했다. 미애는 그럴 줄 알았다는 표정을 지었다.

"그러게 미리 말씀 좀 해주시지. 사모임에 계속 나오

셨으면 더 빨리 도와드렸을 거 아니에요. 〈장기거래〉 앱을 모르세요?"

"그게 뭐예요?"

장기에 거래라는 단어가 붙을 수 있나? 경희가 아는 한, 한국에서 장기를 사고파는 건 불가능하다. 오로지 공여자가 있어야만 장기를 이식받을 수 있다. 그래서 다들 장기이식 대기자에 이름을 올리고 하세월 기다리는 것이다. 이해할 수 없다는 경희의 표정을 본 미애가 설명을 덧붙였다.

"말 그대로 장기를 매매하는 거예요. 없는 게 없어요. 심장, 콩팥, 간…"

"네? 그게… 가능해요?"

"그럼요. 돈만 있으면요."

경희가 믿을 수 없다는 표정을 지으니, 직접 보여주는 수밖에 없었다. 미애는 핸드폰 문자 메시지로 〈장기거래〉 앱 다운 링크를 보냈다. 메시지를 받은 경희가 링크를 클릭하자 핸드폰에 앱이 설치됐다. 앱 아이콘을 터치하자 회원가입 페이지로 연결됐다. 이름, 나이, 직업, 전화번호, 원하는 상담내역이 빈칸이었다. 추천인은 '정미애'로 자동 입력돼 있었다.

"추천인도 있어요?"

"네. 인증 받은 VIP만 가입할 수 있거든요. 추천인이 있어도 가입대상자에 해당하는지 증명을 요구할 거예요. S기업이니 가입하는데 무리가 없을 거고요. 가입승인이 되면 상담실장이 장기 매칭을 해줄 거예요."

경희는 미애가 하는 말이 한국어임에도 불구하고 이해하지 못했다. 이런 일이 한국에서 일어난다고? 명백한 불법이었다. 혹여 알려진다면 S그룹 이미지에 큰 타격을 입을 것이다.

"알려지면 큰일 나는 거 아니에요?"

"그렇죠. 그런데 이 앱을 이용하는 사람들이 누군지 알아요? 국회의원, 고위 공무원, 기업 회장이에요. W호텔 윤 회장님, 신장 투석 받느라 고생 많이 한 거 아시죠? 여기서 신장 이식 받았잖아요. 천만배우 조 윤도 간 이식 여기서 받았다고 하더라고요. 돈 있는 사람들은 다 해요. 다."

미애의 태도는 아주 당당했다. 하지만 경희는 마음이 내키지 않았다. 평생 S기업 이미지에 먹칠을 하지 않기 위해 모든 걸 조심했다. 장기를 돈 주고 산다니, 후폭풍이 두려웠다. 미애는 그런 경희의 태도가 고까웠다.

"…간절하지 않으신가 보네."

"…뭐라고요?"

미애의 말에 경희가 어이없는 얼굴로 물었다.

"지금 회장님이 위급하신데 다른 걸 신경 쓸 여력이 있나요?"

미애는 소파에 올려두었던 백을 집어 들었다. 이럴 땐 가타부타 이야기하는 것보다 혼자 생각할 시간을 줘야 했다. 소파에서 일어난 미애는 경희를 내려다보며 말했다.

"추천인 링크를 받고 24시간 동안만 가입할 수 있어요. 그동안 충분히 고민하고 선택하세요. 회장님을 살릴 건지, 아니면 불법 운운하면서 차례가 오길 기다리던지요."

경희는 진지한 표정으로 핸드폰을 쳐다봤다. 〈장기거래〉 회원가입 페이지 상단엔 [23:50]라고 적힌 숫자가 반짝였다.

* * *

경희가 빠르게 병원 복도를 걸었다. 급하게 호출받을

때마다 불안한 마음을 감출 수 없었다. 지금까지 그랬듯이 별일 아닐 거야. 남편이 입원한 1인실 앞에 선 경희는 심호흡을 크게 했다. 떨리는 마음으로 문을 열자 침대 맡에 서 있는 의사와 간호사가 보였다. 경희는 인사도 생략한 채 물었다.

"회장님은 괜찮으신가요?"

"다행히 위기는 넘기셨습니다."

경희는 가슴을 쓸어내렸다. 침대로 다가온 경희는 눈을 감고 누워있는 남편을 애틋하게 바라보았다. 손을 올려 뺨을 쓸어보니 따뜻한 체온이 닿았다. 벌써 여러 번 고비를 넘겼다. 남편이 입원한 뒤로 경희는 마음이 편해본 적이 없었다. 병원에서 전화가 올까 봐 핸드폰을 손에서 내려놓지 못했다. 매일 살얼음판을 걷는 것 같았다. 경희는 이불을 들어 남편의 다리를 살펴보았다. 발목이 퉁퉁 부어 종아리와 구분되지 않았다.

"전보다 부종이 더 심해지는 것 같은데요."

"하지 부종은 심근병증으로 나타날 수 있는 흔한 증상입니다."

그걸 누가 몰라서 묻나. 경희는 자신도 모르게 큰소리를 낼 뻔했다. 남편이 건강을 되찾을 방법은 심장이식

뿐이었다. 희귀혈액형만 아니더라도 이렇게 수술이 어렵진 않았을 텐데. 경희는 다 죽어가는 목소리로 물었다.

"…수술은 언제 할 수 있을까요?"

"뇌사자가 생겨야만 이식할 수 있는데, 희귀혈액형이다 보니 다른 분들보다 수술이 어려운 상황입니다."

"그럼, 계속 이렇게 기다리라고요?"

"지금으로써는 드릴 말씀이…"

"그러다가 돌아가시기라도 하면요? 도대체 언제까지!"

흥분한 경희가 숨을 골랐다. 대역죄인처럼 두 손을 모으고 고개를 숙인 담당의와 간호사가 보였다. 이들은 죄가 없다. 화를 낸다고 수술이 가능했다면 열 번이고, 백 번이고 그랬을 것이다. 이건 화풀이하는 것밖에 되지 않는다. 그렇다고 아무 말도 하지 않기에는 속이 뒤틀렸다.

경희는 병실을 나왔다. 화가 난 와중에도 구둣발 소리가 요란하게 들리지 않도록 걸음걸이에 신경 썼다. 병원을 나와 차에 올라탄 경희는 한동안 아무런 말을 하지 않았다. 운전석에 앉아있던 운전사는 날카로운 분위기를 눈치채고 몸을 사렸다.

"윤 기사. 더 유능한 의사가 있는 곳으로 병원 옮기면 어떨까?"

이곳은 우리나라에서 첫째가는 대학병원이었다. 권위 있는 국제 학술지에 논문을 발표하고 실력을 인정받은 심장전문의가 있는 곳이다. 다른 병원에 가도 달라지는 건 없다. 경희도 홧김에 하는 말이었다. 윤기사는 눈치를 보며 입을 열었다.

"우리나라 최고 병원이지 않습니까. 곧 좋은 소식이 있을 거예요."

전혀 위로가 되지 않는 말이었다. 이러다가 수술도 하지 못하고 남편을 떠나보내게 될 것 같았다. 경희는 핸드폰을 꺼내 미애가 보낸 링크를 확인했다. 〈장기거래〉 회원가입 페이지 상단에는 [00:34]이라는 숫자가 반짝였다. 눈 한 번 깜빡이자 숫자는 [00:33]으로 변했다. 망설일 시간이 없었다. 경희는 회원가입 페이지에 문자를 입력했다. 사랑하는 남편을 살리기 위해서 못할 게 없었다.

* * *

"안녕하세요, 박영란 실장입니다."

경희는 무릎 위 올려둔 가방 뒤로, 잘게 떨리는 손을 감췄다. 마침내 오고 말았다. 가입승인을 받자마자 곧바로 상담 예약을 하고 운화병원에 방문했다. 불법 장기이식병원하면 떠오르는 음침하고 소름 끼치는 이미지와 달리 밝고 고급진 인테리어가 눈에 들어왔다. 경희는 고개를 들어 천장 모서리를 쳐다봤다. CCTV 같은 게 설치되진 않았는지 걱정됐다.

"여기 CCTV가 있거나 대화 내용이 녹음되진 않죠?"

"그럼요. 병원 내부에 CCTV는 한 대도 있지 않습니다. 고객분들의 사생활을 보호하기 위해서죠."

영란의 말은 반은 사실, 반은 거짓이었다. 상담실과 VIP 입원실에는 CCTV가 없다. CCTV는 납치한 사람들을 감금한 다인 병실, 그리고 내부 직원만 출입하는 복도에만 설치됐다. VIP는 사생활 노출을 극도로 꺼리기 때문에 이렇게 대답한 것이다.

"심장이식을 원하시는 거죠?"

"네. 그런데 약간 문제가 있어요."

경희가 잠시 말을 멈췄다. 영란은 그에게 집중했다.

"회장님께서… 희귀혈액형이시거든요."

"희귀혈액형이요? Rh-인가요?"

"아뇨. 바디바바디바 O형이에요."

차트에 상담 내용을 적던 영란의 손이 멈췄다. 바디바바디바는 희귀 혈액형이라 수술하려면 수혈이 큰 문제였다. 얼려둔 혈액을 해동하거나 해외에서 혈액을 받아와야 했다. 이렇게라도 수술이 되면 다행이었다. 혈액 수급이 불가능해 수술을 못하기도 했다.

"심장과 수혈팩까지 필요하신 거네요. 희귀혈액형은 추가 옵션이라 비용이 많이 올라가요."

"비용은 상관없어요. 구해만 주세요. 국내, 해외를 돌아다니면서 혈액을 구해주시는 건가요?"

경희의 질문에 영란은 잠시 입을 다물었다. 일반적으로 〈장기거래〉앱을 쓰는 사람은 누군가 돈을 받고 장기를 판매한다고 생각했다. 일부가 없어도 살아가는데 지장이 없는 장기가 있기도 하고, 심장이나 각막의 경우는 뇌사자의 것이라고 추측했다. 일반인을 납치해서 장기 적출을 할 것이라고 상상하지 못하는 게 당연했다. 경희의 질문은 지극히 정상적이었다. 일반적으로 헌혈을 할 때 한 사람당 뽑을 수 있는 피의 양이 정해져 있다. 영란은 영업용 미소를 지으며 대답했다.

"네. 몸에 무리가 안 가도록 한 사람당 뽑을 수 있는 최대한의 피를 뽑아요. 그렇게 여러 명의 헌혈팩을 모아서 수술할 때 사용하는 거죠."

"그러면 시간이 꽤 걸리겠네요? 여러 사람을 만나야 하니까요."

국내의 바디바바디바 O형은 약 열 명 내외다. 도현이 특정해서 잡아 오는데 시간이 걸릴 수 있겠지만 경희가 생각하는 것만큼 긴 시간이 필요하진 않다. 단 한 명만 찾으면 되기 때문이다.

"그렇게 오랜 시간이 걸리진 않을 거예요."

영란이 자신감 넘치는 목소리로 말했다. 지금까지 도현이 구하지 못한 물건은 없었으니까. 경희의 얼굴이 눈에 띄게 밝아졌다. 수술을 마치고 건강을 회복한 남편을 상상했다. 운화병원에 오기 전까지 했던 수많은 고민이 한순간에 사라졌다. 그는 한결 가벼워진 목소리로 말했다.

"네. 그럼 믿고 기다릴게요."

"계약금은 수술비의 10%입니다."

"지금 현금으로 낼게요."

상담은 일사천리였다. 영란은 상담일지에 글자를 휘

갈겼다.

바디바바디바 O형, 수술용 혈액 급구. 계약금 수납 완료.

* * *

똑똑. 상담실 문을 두드리는 소리에 영란이 고개를
들었다. 문이 열리고 들어온 사람은 도현이었다. 영란이
밝은 목소리로 그를 맞았다.

"송 선생님!"

"커피 한잔하세요."

도현이 상담 테이블 위에 커피 캐리어를 올렸다. 그
안에는 아이스 아메리카노 두 잔과 따뜻한 캐모마일티
가 들어있다. 그중 아이스 아메리카노를 두 잔 꺼내 한
잔은 영란의 앞에 내려뒀다.

"이런 거 안 사오셔도 괜찮은데~ 잘 마실게요."

영란이 커피잔에 빨대를 꽂아 휘휘 젓자, 얼음끼리
부딪치는 소리가 났다. 빨대를 입에 댄 그는 캐리어 속
캐모마일티를 곁눈질로 봤다.

"민호쌤 거예요?"

"네."

도현이 짧게 대답했다. 민호는 카페인이 안 받아 커피를 마시지 못했다. 대신 따뜻한 차를 마셨다. 영란은 캐모마일티의 효능을 떠올렸다. 스트레스 감소, 숙면, 위장 보호. 딱 민호를 위한 차였다.

"그런데 어쩌죠. 아까 수술 끝나자마자 퇴근하던데."

오랜만에 오전 수술 한 건만 있는 날이었다. 매일 수술실 아니면 휴게실에 처박혀있던 민호가 자유를 놓칠리 없다. 수술을 마치자마자 사복으로 갈아입고 퇴근했다. 그는 이런 날 혼자 영화를 보러가거나 집에서 쉬곤했다.

"그래요? 어쩔 수 없죠. 실장님 한 잔 더 드실래요?"

도현이 캐리어에서 캐모마일티를 꺼내 영란에게 보였다. 영란은 고개를 저었다. 그보다 더 중요한 게 있었다. 영란은 커피를 내려놓고 입을 열었다.

"안 그래도 전화 드리려고 했는데 마침 잘 됐네요. 이번에 특이한 의뢰가 들어왔어요."

"어떤 의뢰인데요?"

"바디바바디바 O형을 구해달래요."

"바디바… 뭐요?"

도현이 한 번에 알아듣지 못하고 되물었다. 그럴 만했다. 평생 바디바바디바라는 혈액형이 존재한다는 걸 알지 못하는 사람도 많다.

"바디바바디바 O형이요. 처음 들어보시죠? 아주 희귀한 혈액형이에요. 30만분의 1의 확률로 존재한다고 해요. 국내 바디바바디바 혈액형을 가진 사람은 열 명 내외라고 하고요."

심장, 간, 각막 등 다양한 장기를 매매했지만 희귀혈액형을 구해달라는 의뢰는 처음이었다. 만나는 사람마다 혈액형 검사를 할 수도 없으니, 까다롭고 어려운 의뢰였다.

"언제까지 구해오면 돼요?"

"빠르면 빠를수록 좋죠."

구하기 어려운 물건을 요청하면서 빠르게 구해달라니. 도현이 상담 테이블을 검지로 톡톡 내리쳤다.

"수수료를 많이 받아야겠어요."

"그럼요. 급행 수수료에 희귀옵션까지, 아주 톡톡히 쳐서 받으려고요."

영란이 코를 찡긋했다. 상대는 우리나라 S기업 회장의 사모님이었다. 고작 1억, 2억에 부담스러워할 사람이 아니란 말이다. 구하기 어려운 물건은 당연히 추가금을 내야 한다. 그게 자본주의 시장의 원리니까.

도현이 자리에서 일어났다. 모래밭에 떨어진 바늘을 찾듯이 바디바바디바 O형을 찾아야 하니 시간이 없었다.

"구하는 대로 연락드릴게요."

"네, 기다리고 있겠습니다. 송 선생님~"

상담실을 나가는 도현을 보며 영란이 간드러진 목소리로 대답했다.

6 장혜영

장혜영은 떡잎부터 달랐다. 하나를 배우면 둘을 알았다. 사교육 없이도 우리나라에서 최고로 꼽는 명문대학교에 입학하고 수석으로 조기 졸업했다. 취업난? 그런 단어는 혜영에게 존재하지 않았다. 우리나라에서 내로라하는 대기업 공채에도 쉽게 붙어 골라갔다. 혜영은 언제나 갑(甲)이었다. 어느 그룹에 속해도 단연 돋보였다. 적수가 없었단 말이다.

난다긴다하는 인재들이 모인 대기업 ES전자에서도 혜영은 단연 빛났다. 주임에서 대리, 과장까지 순풍에 돛 단 듯 순항했다. 얼마 전에는 최연소 차장 승진 예상

대상자에 이름을 올렸다. 모난 돌이 정 맞는다고, 시기와 질투가 없을 수 없었다. 여러 번 승진에서 누락된 선배들을 뒤로하고 이름을 올렸다며 벌써 뒷이야기가 나오기 시작했다.

원래 회사 생활이라는 게 그랬다. 아침에 영어 공부를 한다고 이야기하면 점심에는 이직하려고 토익 준비 중이라고 말이 돌고, 저녁에는 이직에 성공해 이번 달까지 근무한다는 루머가 생성됐다. ES전자 10년 차 과장 혜영은 이러한 루머에 익숙하다고 생각했는데 착각이었다. 아침부터 복도에서 자신을 험담하는 사람들을 보니, 멘탈이 강한 그라도 불쾌했다. 엿들으려고 한 것도 아니었다. 사무실로 복귀하던 중 우연히 마주쳐 그들의 앞을 지나갈 수 없었다.

"차장 승진 예상 대상자에 장 과장 오른 거 봤어?"

"이거 인사비리 아닙니까?"

"장 과장이 한 게 뭐가 있다고 승진 예상자에 있는 거야?"

"저도 그렇게 생각해요. 프로젝트 잘 된 거, 솔직히 운이죠. 조 과장님이 맡으셨으면 훨씬 좋은 결과가 나왔을 거예요."

저런 이야기는 퇴근 후 삼겹살집에서 소주나 마시며 할 것이지, 왜 남 들으란 듯이 회사에서 할까? 혜영이 속으로 혀를 찼다. 복도 코너만 돌면 얼굴이 보이겠지만, 목소리만 들어도 누구인지 감이 잡혔다. 전략홍보부 조성균 과장과 얼마 전 대리로 진급한 최범이었다. 성균은 지난해 차장 승진에서 탈락의 고배를 마신 전적이 있어 예민하게 반응했다. 게다가 몇 기수는 후배인 혜영이 자신과 나란히 차장 승진 대상자에 이름을 올렸다는 것에 분개했다.

"장 과장, 남자친구 없대? 결혼 안 하나?"

"전에 사귀는 남자는 있다고 하더라고요."

"그놈은 뭐하는 놈이야? 장 과장 나이가 몇 인데 빨리 결혼이나 해줄 것이지. 여자가 일해서 뭐 해, 결혼하면 끝인데. 아이 낳고 가정에 충실해야지."

"그럼요. 여직원들 육아휴직 챙겨줘봤자 복귀 안 하고 아이 돌본다고 퇴사하잖아요."

저런 생각을 하니 차장 승진에서 탈락하지. 혜영은 성균이 한심했다. 인사고과 점수가 낮으면 일을 열심히 할 생각을 해야지, 다른 사람을 깎아내리기나 하니 잘 될 리가 없었다.

"노 부장은 왜 장 과장을 아끼는 거야? 꼴 보기 싫어 죽겠어."

성균은 치를 떨었다. 노 부장이 혜영을 각별히 여기는 건 사무실 복사기도 아는 사실이다. 사적인 감정이 아니라, 몸을 사리지 않고 일을 열심히 해서 눈에 든 것일 뿐이다. 성균도 노 부장 라인에 들어가고 싶어 노력했지만 좀처럼 그의 예쁨을 받을 수 없었다. 결국 다른 라인에 섰으나 크게 끌어주는 게 없어 못마땅해 했다. 질투에 눈이 먼 성균은 유치하게 굴었다.

"혹시… 둘이 무슨 사이인 거 아니야?"

말도 안 되는 소리였지만 아부에 능한 최범이 말을 얹었다.

"하긴 오피스 와이프, 오피스 허즈밴드 같은 거 있잖아요. 남자친구가 프러포즈를 안 해줘서 부족한 애정을 노 부장에게…"

혜영은 선을 넘는 두 사람의 대화를 더 이상 들을 수 없었다. 일부러 발소리를 크게 내며 복도를 돌아 등장했다. 먼저 혜영을 발견한 최범이 눈을 동그랗게 떴다. 애석하게도 공기의 변화를 눈치채지 못한 성균은 하던 말을 끊지 않았다.

"그러지 않고서야 노 부장이 장 과장 싸고도는 게 이해가 안 가긴 해. 장 과장 같은 스타일이 의외로 침대에서는…"

"선배."

혜영의 목소리에 성균은 볼품없게 깜짝 놀랐다. 손에 들고 있던 종이컵 속 커피가 넘쳐 손을 적셨다. 뜨거운 열기에 성균은 볼품없이 소리쳤다.

"앗! 뜨거워!"

혜영은 우스꽝스러운 성균의 모습을 한심하게 바라보았다. 원래 저런 인간이었다. 편 가르기를 하며 앞에서는 젠틀한 척하고 뒤에서는 남의 말이나 옮기는 족속. 혜영은 당황한 성균에게 한마디 쏴주려고 했으나 입을 닫았다. 눈도 마주치지 못하고 가엽게 떨고 있는 모습을 보니 전투 의욕까지 상실하고 말았다. 결국 혜영은 다른 이야기를 했다.

"다음주 대학교 리쿠르팅, 선배가 하는 걸로 알고 있었는데 제가 신입들 인솔해서 출장 가는 걸로 변경되었더라고요."

"아… 그날 급한 미팅이 잡혀서…"

미팅은 무슨. 사실 성균은 신입사원을 대동해 대학생

에게 보여줄 자료 준비하고 PPT를 만들기 귀찮았을 뿐
이다. 인사고과에 큰 이득이 없는 외부 행사에 기력을
낭비하긴 싫었다. 그래서 부장과 담배를 피우며 일이 바
쁘다고 어필해 혜영에게 업무를 떠넘긴 것이다.

"알겠어요. 그 일은 제가 정리할게요."

혜영이 두 멍청이와 말을 섞지 않기로 했다. 복도를
걸어가는 내내 뒤통수가 따가웠지만 정신은 다른 곳에
팔려있었다. 결혼이라. 정신없이 일하다 보니 어느새 38
살이 됐다. 명절 때마다 결혼은 안 하냐고 잔소리하는
부모님과 친척들이 떠올랐다. 결혼한 친구들의 애가 벌
써 초등학교에 입학했다. 주위에 남은 친구들은 비혼이
거나 결혼을 앞둔 예비 신부였다. 혜영은 비혼이 아니었
기 때문에 초조했다. 어서 결혼하고 안정적인 가정을 꾸
리고 싶었다. 연애 중인 남자친구까지 있으니까 먼일이
아닐 거라고 생각했다.

그렇게 8년이 지났다. 혜영의 표정이 어두워졌다.

* * *

혜영은 퇴근 시간을 훌쩍 넘긴 후에야 자리에서 일어

났다. 1층으로 내려가기 위해 복도를 걷는 동안 아직도 사무실을 벗어나지 못한 불쌍한 직원들이 보였다. 혜영은 충혈된 눈으로 모니터를 보며 키보드를 누르고 있는 사람들을 측은하게 바라봤다. 엘리베이터를 타고 내려온 회사 로비는 낮처럼 밝았다. 야근하는 직원을 위한 불필요한 배려였다. 혜영은 회사 건물을 나서며 목에 걸린 사원증을 벗어 핸드백에 넣었다. 마침 가방에 넣어둔 핸드폰이 짧게 진동했다. 중요한 거래처에서 온 연락일까 봐 곧바로 확인했다.

web 발신

★바디바바디바 O형★ 수혈용 혈액 〈전혈〉 필요한 응급 환자 발생!! 간곡히 부탁드립니다. 참여 가능하시다면 연락 부탁드립니다.

헌혈센터에서 온 문자였다. 희귀혈액형 바디바바디바 O형인 혜영은 고등학생 때 처음 헌혈을 한 이후로 헌혈기관의 메시지를 자주 받았다. 여자는 철분이 부족해 헌혈을 못하는 경우가 많았는데, 다행히 혜영은 철분 수치가 높아 꼬박꼬박 헌혈을 할 수 있었다.

"벌써 헌혈한 지가 두 달이 넘었구나."

혜영은 핸드폰의 캘린더를 확인했다. 프로젝트 제안서 작성, 거래처 미팅으로 일정이 꽉 차 있었다. 하루 비어있는 날을 클릭해 '헌혈하기'라는 스케줄을 추가했다. 하루 종일 제안서를 만드느라 잔뜩 긴장한 어깨를 풀기 위해 스트레칭을 하며 주차장으로 걸어갔다. 스마트키를 누르자 SUV에 불이 번쩍하고 들어왔다. 혜영이 운전석 문을 향해 손을 뻗었다. 그 순간, 남자의 손이 불쑥 들어와 허리를 감쌌다.

"아악!"

깜짝 놀란 혜영이 소리를 꽥 질렀다. 뒤에서 허리를 끌어안은 힘이 아니었다면 다리가 풀려 바닥에 주저앉았을 것이다. 혜영의 귀에 익숙한 남자의 목소리가 들렸다.

"자기야, 나야!"

주원이었다. 182cm의 큰 키, 야구모자를 눌러쓴 그는 모델 같은 비율을 뽐냈다. 얼굴을 확인한 혜영이 자신의 허리를 감싸 안은 손을 찰싹 때렸다.

"뭐야. 십년감수했잖아!"

"자기는 나도 못 알아봐?"

혜영을 품에서 놓아준 주원이 입을 삐죽 내밀었다. 알아보지 못한 데는 다 이유가 있었다. 혜영이 주원의 옷깃을 잡고 코를 킁킁댔다.

"향수 바꿨네? 너 원래 다른 향수 쓰잖아. 맡던 향이 아니라서 그랬어."

"어? 아… 오늘 드럭스토어 가서 향수 시향 좀 했어."

주원이 가까이 다가온 혜영을 살짝 밀어내며 말했다. 혜영이 고개를 갸웃했다. 사치품을 좋아하는 주원은 40만 원 이상의 니치향수를 사용했다. 해외 출장을 다녀올 때 면세점에서 몇 번이나 사다 줘서 잘 알고 있었다.

"드럭 스토어? 너 니치향수 아니면 쓰지도 않잖아."

"지, 지인이 향수 광고를 찍었거든. 어떤 향인지 궁금해서 시향해본 거야."

주원의 말에 혜영은 별 의심 없이 운전석 문을 열었다. 배우 지망생답게 주위에는 연예계 인맥도 많았다. 가끔 촬영 현장에 놀러 가 유명 연예인과 사진도 찍고, 콘서트 티켓도 받아왔다. 주원은 꾸미는데 관심이 많아 드럭스토어에 갔다는 게 이상하지 않았다.

운전석에 앉은 혜영이 안전벨트를 맸다. 조수석에 주원이 타자 밀폐된 차 안에 향수 냄새가 퍼졌다.

"자기야. 오늘 저녁 먹고 들어갈까?"

혜영이 자동차 시동을 걸었다. 평소와 다른 향기가 묘하게 신경에 거슬렸다. 주원이 좋아하는 우디한 향과는 다르게 가볍고 달콤한 과일향이었다. 혜영도 대학생 때 사용했던 향수로, 익숙했다. 여자 향수인데 왜 시향지를 쓰지 않고 몸에 뿌렸을까. 혜영은 불안한 마음이 들었지만, 티 내지 않았다.

"뭐 먹고 싶은 거 있어?"

"H백화점에 스테이크 전문점 생겼는데 엄청 맛있대."

"그래. 거기 가자."

내비게이션 도착지를 H백화점으로 설정했다. 그 사이 주원이 핸드폰을 보며 분주히 엄지를 움직였다. 원래 핸드폰을 자주 봤지만 최근 들어 더 심해졌다.

"주원아."

"응. 왜?"

여자의 육감은 정확하다고, 최근 주원이 수상했다. 혜영은 묻고 싶은 게 많아 입술을 몇 번 달싹거렸으나, 결국 말을 돌렸다. 괜히 분란을 조장하고 싶지 않았다.

"…오디션 준비는 잘 돼?"

"응. 유명한 감독님의 작품이라 열정이 생겨."

주원이 자신 있게 말했다. 그는 드라마 보조출연만 몇 번 해보고, 조연을 해본 적이 없었다. 그러면서도 늘 유명한 감독, 작가의 작품을 고집했다. 당연히 그런 작품에 캐스팅이 될 리가 없었다. 얼굴은 괜찮을지 몰라도 연기력이 꽝이었기 때문이다. 신들린 연기를 보여줘도 될까 말까 한데, 국어책을 읽는 로봇이 따로 없었다.

혜영도 지치기 시작했다. 3~4년 안에는 자리를 잡을 줄 알았다. 톱배우는 아니더라도 드라마나 영화에서 작은 배역은 어렵지 않겠다고 생각했다. 잘생겼으니까. 객관적이고 냉정한 시선으로 봐도 주원의 외모는 뛰어났다. 웬만한 드라마 속 남자주인공을 맡은 배우보다 훤칠했다. 연기력만 뒷받침되면 금세 얼굴을 알릴 텐데, 형편없었다. 극의 몰입을 깰 정도로 발연기를 하는 배우를 누가 써줄까.

혜영이 곁눈질로 주원을 힐끗 봤다. 그는 핸드폰에 꿀이라도 발라뒀는지 눈을 떼지 못했다. 혜영은 아주 작게 한숨을 내쉬었다.

* * *

자취하는 직장인은 집에 도착했다고 쉬는 게 아니다. 밥 먹고 샤워하고 밀린 집안일을 하다 보면 늦은 밤이 된다. 내 몸 하나 건사하기도 어려운데 혜영은 군식구까지 있었다. 바로 주원이었다. 배우 준비를 하려면 서울에서 지내는 게 편하다고 혜영의 집에 며칠씩 와서 지내더니, 어느새 아예 눌러앉았다. 그렇게 동거가 시작됐다. 시간적 여유가 많은 주원이 집안일을 해주면 좋으련만, 손 하나 까딱하지 않았다. 차라리 가만히 있는 게 도와주는 거였다. 울세탁해야 하는 옷을 세탁기에 그냥 집어넣어 망가트리질 않나, 설거지한 그릇엔 음식물 찌꺼기가 그대로 묻어있었다. 무슨 일이든 손이 한 번 더 가게 만들었다. 오늘처럼 주원이 약속이 있어 집을 비웠을 때 혼자서 청소하는 게 편했다. 집에 오자마자 세탁기와 청소기를 돌린 혜영은 한숨 돌리며 핸드폰을 확인했다. 엄마에게서 연락이 온 걸 확인하고 통화버튼을 눌렀다.

"네, 엄마. 청소기 돌리느라고 못 들었어요. 전화하셨어요?"

"그래, 윤서 말이다. 얘는 왜 이렇게 통화가 안 되니?"

이럴 줄 알았다. 혜영은 작게 한숨을 내쉬었다. 남는

시간에 부모님 걱정하지 않게 연락 한 통 드리면 좋을 텐데, 누굴 닮아서 고집이 센지. 혜영은 템플스테이를 떠나는 날 새벽, 윤서가 한 말을 떠올리며 입을 열었다.

"디지털 디톡스인지 뭔지를 한 대요. 그래서 템플스테이 하는 동안에는 전화 안 받을 거라고 하더라고요."

"아무리 그래도 그렇지, 세상이 이렇게 험한데 진짜 연락을 안 해? 너도 전화 좀 해 봐."

"알았어요. 너무 걱정하지 마세요. 제가 전화해 보고 문자도 남겨둘게요."

그렇지 않아도 이미 연락해 봤다. 메신저로 메시지를 보내고, 산이라서 모바일데이터가 안 될까 봐 문자 메시지도 보냈다. 그러나 감감무소식이었다. 전화해도 받지 않았다. 다른 사람이라면 걱정되겠지만, 윤서는 이런 일이 한두 번이 아니라 무뎌졌다. 올해 1월, 스무살이 되자마자 유럽에 간다고 나가서 연락이 두절됐다. 3주 후에 건강하게 돌아온 윤서는 가족에게 쓸데없는 걱정을 한다며 핀잔을 줬다. 자신은 무인도에 떨어져도 살아날 사람이라며 걱정하지 말라고 큰소리쳤다. 그래서 혜영은 걱정됐지만 윤서니까 별일 없을 거라고 생각했다. 다음주면 건강한 모습으로 돌아와 연락하지 말라고 하지 않았냐고 뻔뻔하게 말할 것이다.

"너는 어디 아픈데 없지? 너무 일만 하지 말고 올해는 남자 좀 데려와."

"…알겠어요. 다음주에 집에 갈게요. 엄마도 아프지 말고요."

이야기가 길어지면 결혼하라고 잔소리할 것 같아 혜영은 서둘러 전화를 끊었다. 그리고 전화번호부에 들어가 '내동생♥'을 클릭했다.

전원이 꺼져있어 삐 소리 후 소리샘으로 연결되오며…

"얼씨구."

소리샘으로 연결되기 전, 혜영이 전화를 끊었다. 어제는 핸드폰을 켜두기라도 하더니, 이제는 아예 전원을 꺼버렸다. 혜영은 윤서에게 문자메시지를 보냈다.

잘 지내고 있지? 엄마가 걱정하니까 시간 날 때 전화해 줘.

메시지를 보낸 혜영은 기지개를 쭈욱 켰다. 청소를 끝

내고 나니 배가 출출했다. 냉장고를 열어보니 주원이 사다 놓고 먹지 않은 우유가 유통기간이 지난 채 방치돼 있었다. 이미 유통기한이 3일이나 지난 우유였지만 살짝 맛을 보니 상하지 않았다. 주원이 식단조절한다며 사놓고 안 먹는 다이어트 시리얼을 꺼내 우유에 말았다. 주원이 사놓고 안 먹은 것, 안 하는 것은 모두 혜영이 처리했다. 시리얼로 간단하게 저녁을 먹은 혜영이 침대에 누웠다. 오랜만에 누구의 방해를 받지 않는 자유시간이었다.

혜영은 오랜만에 인터넷 포털사이트에 주원의 이름을 검색했다. 출연한 몇 개의 드라마 정보와 함께 인물 정보가 나왔다. 혜영은 주원의 SNS를 클릭했다. 팔로워가 몇만 명일 때 봤는데, 어느새 이십만 명으로 늘어있었다. 피드에는 명품으로 꾸민 데일리룩이나 고급 오마카세를 방문한 사진으로 가득했다. 모두 혜영이 사준 것이었다. 이렇게 명품이 좋을까. 검소하고 소탈한 혜영과 달리 사치스러운 주원은 명품을 사달라고 자주 졸랐다. 혜영은 그가 결혼자금을 모으려는 노력조차 하지 않는 게 불만이었다.

문득 혜영의 눈에 댓글 하나가 들어왔다. 별거 아니

었다. 그냥 하트 이모티콘이었다. 그 옆에 아주 작은 프로필 사진이 보였다. 여자와 남자가 볼을 맞대고 있는 커플 사진이었다. 그런데 남자의 얼굴이 익숙했다. 홀린 듯이 댓글을 단 사람의 아이디를 눌렀다. 피드에는 주원이 낯선 여자와 뽀뽀하고, 데이트하는 사진이 잔뜩 올라와 있었다.

혜영의 손이 덜덜 떨렸다. 최근 주원의 행동이 수상하다고 느꼈지만 현실은 더 잔인했다. SNS를 자주 안 해서, 이런 커플 계정이 있는 줄 꿈에도 몰랐다. 혜영이 사진을 더 보려고 하자, 로그인을 하라는 팝업창이 떴다. 로그인을 하니, 지금까지 보였던 계정이 감쪽같이 사라졌다. 이상해서 로그아웃을 하니 다시 계정이 보였다. 혜영은 그제야 깨달았다. 그동안 차단을 해서 보이지 않았던 계정이 우연히 로그인이 풀리는 바람에 보인 것이다.

혜영은 30분 전에 올린 게시글을 확인했다. 주원과 여자가 손을 잡고 함께 돌담 앞에 서 있는 사진 아래에 문구가 달려있었다.

오빠야랑 함께 경복궁 데이뚜! 커플 신발 신고 열심히 돌

아다녔덩! 벌써 보구싶다

　#오늘도사랑해 #내일도사랑해 #1주년

　혜영은 기가 찼다. 어떻게 다른 여자를 만나? 평소 여자 문제로 불안하긴 했지만 집착한다는 소리를 들을까 봐 아무 말도 하지 않았다. 그 결과 바람을 피우는 꼴을 목격하게 됐다. 변할 수 있을까? 한 번 바람피운 남자는 계속 눈을 돌린다는데… 과연 이 여자가 처음일까? 아니면 이미 여러 여자를 만난 건 아닐까. 생각이 꼬리에 꼬리를 물었다.

　삐삐삑. 현관문 도어락 소리에 혜영의 몸을 크게 움찔했다. 기가 막힌 타이밍에 주원이 돌아왔다. 생각을 정리하지 못한 혜영은 혼란스러웠다. 불이 켜진 침실로 들어온 주원이 해맑게 말했다.

　"자기! 아직 안 잤네. 나 왔어."

　주원이 혜영의 볼에 입술을 가져다 대며 애교를 부렸다. 평소라면 좋으면서 "왜 그래. 가서 씻기나 해."라고 잔소리했겠지만 오늘은 그럴 기분이 아니었다. 정면승부하자. 혜영이 내린 결론이었다.

　"너 이거 뭐야?"

135

혜영이 커플 SNS 계정을 보여주며 물었다.

"뭔데 그래? …아."

사진을 확인한 주원의 표정이 굳었다. 대놓고 커플 계정을 운영했으면서 혜영이 몰랐을 거라고 생각했을까. 혜영이 떨리는 목소리로 물었다.

"이 여자 누구야? 너 바람피워?"

"아니, 그냥 아는 동생인데…"

주원의 말도 안 되는 거짓말이 혜영을 더 화나게 만들었다.

"아는 동생? 너는 아는 동생과 뽀뽀하니? 누가 봐도 데이트하는 사진인데 발뺌할 걸 발뺌해."

혜영의 반박에 주원이 입을 꾹 다물었다. 이제 다시는 안 그러겠다고 빌겠지. 잠깐 호기심 때문에 실수했다고, 다시는 이런 짓 안 하겠다고 빌어. 그러면 혜영은 이번 한 번은 넘어가 줄 생각이었다. 남자가 그럴 수도 있지. 내가 부족해서 그런 거겠지… 혜영은 잘못의 화살을 자신에게 돌렸다.

침묵하던 주원이 결심을 내린 듯, 입을 열었다.

"맞아. 나 다른 여자 만났어."

"뭐? 너 지금 그걸 그렇게 당당하게…"

"나 아직 20대야. 그럴 수 있는 나이라고."

적반하장도 유분수였다. 바람피운 주제에 주원은 너무 당당했다. 손이 발이 되도록 싹싹 빌거라고 생각했다. 당황한 혜영이 따져 물었다.

"지금 그런 말을 할 때야? 우리 만난 기간이 8년이야. 결혼을 생각해도 모자랄 판에 다른 여자를 만났으면서 왜 이렇게 당당해?"

"결혼? 내 나이에 왜 벌써 결혼을 생각해?"

"뭐?"

"나 아직 28살이야. 20대 후반에 무슨 결혼을 해."

주원의 말에 혜영의 표정이 싸늘하게 굳었다. 단 한 번도 결혼이라는 걸 생각해 본 적이 없는 듯한 말투였다. 돌이켜 보면 두 사람이 결혼에 대해 진지하게 이야기를 나눠본 적이 없다. 결혼 적령기의 여자와 아직 어린 남자의 동상이몽(同牀異夢)이었다. 혜영은 망치로 머리를 얻어맞은 기분이었다.

"너… 무슨 말을 그렇게 해? 나, 나랑 결혼할 거 아니었어?"

"그걸 왜 자기 혼자 생각해? 결혼은 두 사람이 하는 거잖아."

주원은 혜영을 이상한 사람 보듯이 말했다. 그렇게 오랜 기간을 만났는데 서로 이렇게 몰랐다. 사랑은 마주 보는 게 아니라 같은 곳을 쳐다보는 것이라고 했다. 혜영은 주원이 자신처럼 결혼이라는 결실을 쳐다보고 있을 거라고 믿었다. 아직 나이가 어리니, 시간이 좀 더 필요하다고 생각했다. 결혼 생각이 없을 줄 몰랐다.

"야… 당연히 연애를 오래 하다 보면 결혼을 생각하지. 너 비혼이었어?"

"비혼은 아니지만 아직 결혼할 생각은 없어. 나는 나중에 30대 후반쯤에나 결혼할 생각이었지."

주원이 30대 후반이 되면, 혜영은 40대 후반이었다. 물론 40대, 50대에도 결혼할 수는 있지만…

"당연히 그게 자기일 거라는 보장은 없고."

주원은 쐐기를 박았다. 혜영의 숨소리가 거칠어졌다. 사귀는 사이에 이런 말을 이렇게 당당하게 한다고? 이렇게 뻔뻔할 수가 있나? 혜영은 하고 싶은 이야기가 많은데 머릿속에서 정리가 되지 않았다.

"야… 너, 너…"

"결혼을 전제로 만나는 거라면 난 자신 없어."

미쳤니, 너? 지금 그게 무슨 말이야? 혜영은 주원의

머리채를 잡고 흔들고 싶었다. 잘난 얼굴 하나 달고 있다고 이렇게 배짱을 부리는 건가? 미간을 한껏 찌푸리며 고민하던 주원이 결론을 내렸다.

"우리 헤어지자. 그게 맞는 거 같아."

많은 일이 순식간에 일어나자 혜영의 두뇌에 과부하가 왔다. 주원이 바람피우는 사실을 알고, 어떻게 이럴 수 있냐고 따지자 이별 통보를 받았다. 손이 발이 되도록 빌어도 시원찮은데 헤어지자고 하다니. 이게 맞나? 꿈이 아니라 현실이라고? 혜영의 몸이 덜덜 떨렸다. 헤어져? 8년이나 만났는데 진짜로 헤어져? 혜영은 고개를 저었다. 아니, 난 이렇게 절대 못 헤어져.

"나, 너랑 못 헤어져."

"결혼도 그렇지만 연애도 두 사람이 하는 거야. 내가 헤어지겠다고 하면 우리 관계는 끝이야."

주원은 단호했다. 혜영의 축 늘어진 손끝이 바르르 떨렸다. 내가 얼마나 잘 해줬는데, 은혜를 원수로 갚아? 헤어져도, 그건 혜영이 선택할 일이었다. 일방적으로 통보를 받고 헤어진다는 건 있을 수 없다. 본인이 잘못해 놓고 이렇게 뻔뻔하게 이별을 통보하면 안 된다. 그건 쓰레기나 할 짓이니까.

"오늘 나가서 잘게. 집에 있는 내 물건은 천천히 가져갈게."

주원의 말에 혜영은 코웃음 쳤다. 자신의 물건이라니? 모두 혜영이 받은 월급으로 사준 것이었다. 이곳에서 혜영의 것이 아닌 건 딱 하나, 주원의 몸뚱이 하나다. 그가 몸에 걸치고 있는 모자, 옷, 가방, 속옷까지 모두 누가 사준 건데.

"여기 네 것이 어디 있어? 다 내가 사준 거야. 네가 입은 옷, 네 주머니에 있는 돈, 네가 오늘 먹은 것까지 모두! 다 내가 해준 것이라고!"

어떻게 그러니. 내 돈 다 빼먹고, 어떻게 날 버리니? 광기 어린 혜영의 외침에 주원은 움찔했다.

"진정해. 지금은 대화가 안 되니까 내일 다시 올게."

주원이 뒤돌아섰다. 지금 놓치면 정말로 끝인 관계였다. 8년의 연애가 이렇게 종지부를 찍다니, 그럴 수 없었다. 혜영은 주원에게 달려들었다.

"절대 못 헤어져!"

우당탕. 큰 소리와 함께 두 사람이 뒤엉켰다.

7 거래

ES전자 신사업개발팀은 최근 국가의 수주를 받아 프로젝트를 진행하고 있었다. 지원금이 커서 팀원 모두가 야근과 주말 출근을 불사할 정도로 바빴다. 아침이라고 다를 게 없다. 고요한 사무실 내에는 마우스와 키보드 소리만 들렸다.

입사한 지 한 달 된 신입사원 승주는 고개를 쭉 빼고 혜영의 자리를 살폈다. 아침에 출근하자마자 자료 조사한 파일을 제출하려고 했는데 혜영이 보이지 않았다. 결국 승주는 옆자리에 앉은 오민철 대리에게 말을 걸었다.

"오늘 장 과장님 외근 나가셨나요? 요청하신 자료 정

리해서 드리려고 했는데 안 계신 것 같아서요."

"어. 연차 내셨어."

"연차요? 어제만 해도 그런 말씀 없으셨는데… 오늘 컨펌 받아야 하는 보고서도 있거든요."

승주가 난처한 목소리로 묻자 민철이 어깨를 으쓱였다.

"나도 오늘 오전에 팀장님께 전달받았어. 원래 당일 연차 사용하는 분이 아닌데 말이야. 나 입사한 이래로 처음이야."

"네, 알려주셔서 감사합니다."

승주가 민철에게 묵례하고 자신의 자리로 돌아갔다. 마침 사무실에 들어온 노 부장이 승주와 민철의 대화를 듣고 고개를 돌렸다. 파티션 위로 보이던 혜영의 까만 정수리가 보이지 않았다. 중요한 프로젝트를 진행 중이라 며칠 전에도 야근하더니 갑자기 연차를 쓴다고? 노 부장은 혜영이 이렇게 바쁜 시기에 연차를 사용하는 걸 본 적이 없었다. 혹시 무슨 일 있는 건 아닌가? 노 부장이 심각한 표정을 지으며 개인 사무실로 들어갔다.

* * *

망했다. 혜영은 퉁퉁 부은 얼굴로 침대 위에 누워 자책했다. 주원이 떠났다. 아주 멀리. 다시는 혜영에게 돌아오지 못한다. 이제 주원의 얼굴을 볼 수 없다, 절대로. 8년의 인연이 단 하룻밤에 끊어졌다. 인생의 1/4을 함께했고, 앞으로도 함께할 것이라 믿어 의심치 않았던 연인은 이제 곁에 없다. 더 이상 서로를 향해 사랑한다고 이야기할 수도 없고, 따뜻한 체온을 나누지 못한다. 과연 아무 일도 없었다는 듯이 살아갈 수 있을까?

혜영이 침대에서 몸을 일으켰다. 시간을 돌리고 싶었다. 하루, 아니 12시간 전이라도. 커플 SNS 계정을 보고 모른 척했다면 이런 일이 생기지 않았을 텐데. 아니, 적어도… 혜영은 생각하는 걸 멈췄다. 이미 다 끝났다. 후회한다고 바뀌는 건 없다.

"장혜영… 너 살아갈 수 있어? 아무렇지 않게? 전처럼?"

혜영은 스스로 질문을 던졌다. 없다. 아무리 생각해도 이렇게 살아갈 자신이 없었다. 혜영은 주방으로 성큼성큼 걸어갔다. 싱크대 아래 문을 열자 식칼이 일렬로 꽂혀있었다. 얼마 전 새로 구매해서 칼날이 예리하게 빛났다. 이 상황을 벗어나려면, 답은 하나였다. 후회, 죄책감, 미안함, 두려움. 지금 느끼는 모든 감정에서 해방될 것이다.

혜영은 뾰족한 칼날이 자신의 배를 향하게 쥐었다. 손이 바들바들 떨렸다. 축축한 땀이 배어 나왔다. 요리할 때나 쓰는 칼을 자신을 향해 겨누게 될 줄 꿈에도 몰랐다. 그때, 핸드폰 벨소리가 울렸다. 깜짝 놀란 혜영이 손에 들고 있던 칼을 떨어트렸다. 벨소리는 바지 주머니에서 났다. 주머니에서 핸드폰을 꺼낸 혜영은 액정에 뜬 '노 부장님'이라고 적힌 이름을 확인했다. 받을지, 말지 고민하는 동안 시간이 꽤 지체됐음에도 전화는 끊길 줄 몰랐다. 결국 혜영은 전화를 받았다.

"네, 부장님. 장혜영입니다."

"장과장. 지금 전화 받을 수 있나?"

"괜찮습니다."

"갑자기 당일 연차를 냈다길래 무슨 일 있나 싶어서. 목소리가 좀 안 좋은 것 같은데 어디 아파?"

새벽 내내 울고불고 난리를 치느라 목소리가 잠긴 상태였다. 혜영은 티 나지 않게 목소리를 가다듬었다.

"아… 감기몸살이 와서요. 몸 상태가 너무 안 좋아서

연차 썼습니다. 죄송합니다."

"아파서 쉬는데 뭐가 죄송한 일이야? 당연한 권리지."

"걱정해 주셔서 감사합니다."

"사실 내일 얼굴 보고 축하해주려고 했는데 입이 근질거려서 참을 수가 있어야지. 장과장, 아니. 이제 장차장이지. 승진 축하해."

노 부장의 말에 혜영이 눈을 몇 번 깜빡였다. 차장 승진 예상 대상자에 이름을 올렸다고 해도, 승진에서 몇 번 밀린 선배가 있어서 기대를 하지 않았다. 회사라는 게 철저히 실적 위주인 것처럼 보여도 아니었다. 별다른 문제 없이 오래 다닌 사람들을 승진에서 계속 누락시키면 내부 불만이 터져 나오기 때문이다. 그래서 기대도 하지 않았는데 차장으로 승진했다니. 혜영은 믿을 수가 없었다.

"왜 말이 없어? 진짜 기대도 안 했어? 나는 차장 승진자로 장차장 말고는 없다고 봤는데. 사내 인트라넷에 공지 올라온 거 보자마자 전화한 거야. 제일 먼저 축하해주고 싶어서."

"감… 사합니다."

혜영이 간신히 목소리를 쥐어짜 냈다. 혼란스러웠다.

주원과의 일로 기분이 최악으로 치닫던 중에 이런 희소식이라니. 워커홀릭인 혜영에게 자신의 능력을 인정받아 승진했다는 건 큰 기쁨이었다.

"축하 회식해야지. 내일은 회사 나오나?"

'내일'이라는 말에 혜영이 아랫입술을 깨물었다. 과연 내일이 올까? 모든 걸 끝내고 싶었던 혜영은 머리가 지끈거렸다. 모든 건 그의 선택에 달렸다.

"장 차장? 괜찮아? 많이 아픈 거야?"

혜영의 침묵이 길어지자 노 부장이 재차 물었다. 퍼뜩 정신을 차린 혜영이 대답했다.

"아… 네, 출근합니다."

"그래. 몸조리 잘하고."

"내일 뵙겠습니다."

전화를 끊은 혜영이 바닥에 주저앉았다. 바닥에 떨어진 칼을 보니 정신이 들었다. 방금까지 무슨 생각을 했던가. 고작 남자 하나 때문에 죽을 생각이나 하다니. 혜영은 갑자기 자신이 너무 한심하게 느껴졌다. 이러려고 열심히 공부해서 대기업에 들어온 게 아니었다. 가족을 위해서도 그래서는 안 됐다. 하루아침에 사랑하는 딸이 세상을 떠나 버린다면 부모님은 쓰러져버리고 말 거다.

자신을 잘 따르던 동생도 큰 충격을 받을 것이다.

혜영이 자리에서 일어났다. 생각을 바꾸니 안 보이던 게 보였다. 소파 옆 아크릴 진열장에는 주원이 수집하는 애니메이션 피규어가 서 있었다. 혜영은 아크릴장을 열어 손바닥으로 피규어를 쓸어버렸다. 그제야 피규어 뒤에 있던 ES전자 상패가 보였다. 혜영이 신입사원 때부터 받았던 상패였다. 피규어 따위에 가려져 보이지 않았던 상패를 잘 보이게 앞으로 꺼냈다.

"그래. 고작 남자 때문에… 그런 생각을 해서는 안 되지. 그러기에는 나는 사회에 쓸모 있는 사람이잖아. 그 자식은 사회에 기여하는 거 하나 없는 쓰레기고."

혜영이 회사에서 실적을 내는 인재라면 주원은 집에서 밥이나 축내며 빈둥거리는 식충이다. 죽어 마땅한 것은 주원이지, 혜영이 아니었다. 여기까지 생각을 마치자 다시 시작하고 싶었다. 주원의 흔적을 말끔히 지우고.

"다시 시작하는 거야. 아무 일도 없었던 것처럼."

혜영이 자리를 박차고 일어났다. 다시 시작하려면 집 안 곳곳에 남아있는 주원의 흔적을 모두 지워야 했다. 집주인인 혜영의 물건보다 객식구였던 주원의 물건이 훨씬 많았다. 이 모든 걸 치우는데 오랜 시간이 걸리겠지만 그래도 지워야 했다. 혜영이 살기 위해서는.

우선 욕실 청소부터 시작했다. 주원은 욕실과 변기를 청소해야 한다는 걸 아예 몰랐다. 샤워하면서 끼얹는 물이나 변기 레버를 누르면 나오는 물로 인해 자동으로 청소되는 게 아니냐는 어이없는 말을 했던 적도 있었다. 혜영이 주에 한 번씩 청소해서 깨끗한 건지도 모르고.

청소를 하니 혜영의 마음도 점차 평온해졌다. 주원에 대한 분노가 물에 씻겨 내려가는 것 같았다. 욕실청소를 마치고 나오자 지저분한 거실이 보였다. 커다란 쓰레기봉투에 주원의 옷과 잡화를 집어넣었다. 거침없이 움직이던 혜영의 손이 멈칫했다. 주원의 노트북이 눈에 들어왔다. 노트북은 일반 쓰레기로 버릴 수도 없거니와 아까웠다. 한두 푼도 아니고 거금 300만원을 들여서 산 신형 노트북이었다. 노트북 옆에는 얼마 전 사준 명품 시계도 보였다. 고개를 돌리니 거실 창문 앞, 자리를 차지하고 있는 러닝머신도 있었다. 사내 헬스장을 이용하는 혜영에게는 필요 없는 물건이었다.

그냥 버리기엔 아까운데… 팔아볼까? 문득 혜영의 머릿속에 〈지금거래〉앱이 떠올랐다. 워낙 고가의 물건이니 몇십만 원, 아니 물건에 따라 몇백만 원은 충분히 받을

수 있어 보였다. 사랑은 떠나도 돈은 남는다. 그런 놈 뒷
바라지한다고 쓴 돈이 아까워서 중고 거래라도 해서 충
당하고 싶었다.

혜영은 〈지금거래〉에 접속했다. 중고 거래를 해본 적
은 없지만 신규 사업 모니터링을 위해 가입해 뒀다. 남들
이 올린 글을 보니 어려운 것도 없었다. 물건 상태를 보
여줄 사진 몇 장과 상태에 대한 설명, 그리고 가격을 지
정하면 됐다. 새 글 작성을 누른 혜영은 노트북 실물 사
진 몇 장과 함께 게시글을 올렸다. 빨리 팔고 싶은 마음
에 시세보다 저렴하게 가격을 책정했다. 글을 올리기가
무섭게 채팅창이 도착했다.

거래는 일사천리였다. 혜영은 글을 올린 지 30분 만
에 집 앞에서 노트북을 판매했다. 구매자 역시 홍성동
에 살기 때문에 가능했다. 흰 봉투 속 현금을 확인한 혜
영은 의욕이 불타올랐다. 이 기세라면 오늘 주원의 물건
을 모두 팔 수 있을 것 같았다. 어차피 가지고 있어 봐야
주원을 떠올리게 만드니 빨리 처분하고 싶었다. 핸드폰
이 진동했다. 액정화면에는 〈지금거래〉 채팅창이 떴다.

꽃중년 : 안녕하세요. 가방 구매 원합니다.

수국   : 네. 바로 거래 가능하세요?

꽃중년 : 네~^^ 그런데 판매자분 여자 맞죠?

손가락을 부지런하게 움직이던 혜영이 멈칫했다. 가방을 사는데 판매자의 성별이 왜 궁금할까? 진품 여부나 생활 흠집이 얼마나 되냐고 묻는 게 정상이었다. 혜영이 경계하며 물었다.

수국   : 그게 왜 궁금하시죠?

꽃중년 : 그냥요~ 여자분이면 만나서 같이 커피라도 하면서 이야기하면 좋잖아요~ㅎㅎ

혜영이 미간을 찌푸렸다. 물건 상태 확인하고 거래하면 끝이지, 왜 커피를 같이 마시지? 중고 거래앱을 미팅앱으로 착각했나. 대화를 이어 나갈 가치가 없어 채팅창을 닫았다. 그러자 다시 메시지가 도착했다.

꽃중년 : 저기요? 왜 답변을 안 해주시나요? 여자분 맞으시면 밥이라도 먹자니까요. 제가 살게요.

쓸데없는 메시지가 올 때마다 핸드폰이 진동했다. 혜영은 가차 없이 차단 버튼을 눌렀다. 헛소리하던 남자의 채팅창이 사라지니 속이 다 시원했다.

"남자 말고 여자와 거래해야겠네."

진상을 겪은 혜영이 내린 결론이었다. 조금 전 노트북을 구매한 여성과의 거래는 깔끔했다. 약속 시간에 늦지 않았고 물건 확인 후 현금을 주고 갔다. 아무래도 대면 거래이니 동성이 편했다. 혜영은 잠시 핸드폰을 내려두고 가방에 흠집이 없나 살폈다. 금세 중고 거래가 몇 차례 더 성사됐다.

그 시각, 도현은 소파에 앉아 노트북을 하고 있었다. 포털사이트에 바디바바디바를 검색하니 희귀한 혈액형이라는 설명과 함께 지정 수혈을 요청하는 글이 몇 개 보였다. 심드렁한 표정으로 게시글은 확인하던 도현의 눈이 순간 빛났다.

#바디바바디바 on SNS | Hashtags
#헌혈 #바디바바디바 #희귀혈액형 긴급 수혈 요청에…

도현은 곧장 게시글을 클릭했다. 5년 전, SNS에 올라온 글이었다. 헌혈 바늘이 꽂힌 팔과 헌혈증을 찍은 사진과 함께 문구가 적혀있었다.

긴급 수혈 요청 문자에 헌혈하러 왔다. 무사히 수술 마치시기를…
#헌혈 #바디바바디바 #희귀혈액형

그 이후로 SNS 활동 내역은 없었다. 도현은 상단 SNS 아이디를 복사해서 〈지금거래〉에 검색했다. '장혜영'이라는 본명으로 개설된 페이지가 나왔다. 불과 몇 분 전에 노트북과 러닝머신, 시계를 올린 활동 내역이 그대로 노출됐다.

찾았다! 도현의 눈이 매섭게 빛났다. 마침 물건을 올렸으니, 구매를 핑계로 '직접' 만나러 가면 됐다. 그는 혜영이 올린 물건을 살펴보았다. 러닝머신, 명품 시계, 명품 가방이 올라와 있었다. 러닝머신을 제외하고는 모두 판매 완료였다. 마치 도현을 위해 남은 물건 같았다. 여자 혼자 무거운 러닝머신을 옮기긴 어려울 테니 집안으로 부를 확률이 높았다. 도현이 재빨리 채팅메시지를 보냈다.

* * *

nagro　　: 러닝머신 팔렸나요?

혜영은 새로 도착한 채팅창을 확인했다. 외제차 로고가 보이도록 핸들 위에 손을 올린 프로필 사진이 눈에 띄었다. 손등에 솟아오른 핏줄이나, 투박해 보이는 손은 남자가 확실했다. 혜영이 답변을 할지 고민하던 중 새로운 채팅이 도착했다.

나은공주: 언니~ 저 러닝머신 사려고용.

혜영은 나은공주에게서 온 메시지부터 확인했다. 닉네임을 봐도 여자 같았고, 프로필사진도 공주풍의 옷을 입은 긴 머리 여성이었다. 혼자 사는 집에 타인을 들이고 싶지 않아 현관문 앞까지 러닝머신을 가지고 나갈 생각이었다. 오피스텔 동호수를 알려줘야 하는 만큼 여자와 거래하고 싶었다.

수국　　: 구매 가능합니다.

나은공주 : 주소 알려주세용!

수국　　: 홍성동 네이빌 오피스텔 304호예요.

나은공주 : 지금 갈게용. 30분 정도 걸려용.

수국　　: 도착하시면 연락주세요.

핸드폰을 보던 혜영이 시선을 돌려 러닝머신을 봤다. 현관문 앞까지 끌고 나갈 생각을 하니 막막했다. 손에 쥐고 있던 핸드폰이 짧게 진동했다. 확인하니 〈지금거래〉 채팅창이 떴다.

nagro　　: 구매하고 싶어요. 답변해 주세요.

러닝머신을 사고 싶다고 제일 먼저 연락한 사람의 메시지였다. 안 읽으면 또 채팅메시지를 보낼 것 같아서 혜영이 답변을 적었다.

수국　　: 이미 팔렸어요.

이제 됐겠지, 혜영은 핸드폰을 내려두려고 했는데 다시 채팅메시지가 도착했다.

nagro　　: 제가 꼭 필요해서요. 제가 돈을 더 드릴게요. 저한테 파세요.

돈을 더 주겠다는 유혹에도 혜영은 흔들리지 않았다. 고작 만원, 이만원 더 받겠다고 주소까지 알려준 사람에게 계약 취소를 통보하는 것도 우스웠다.

수국　　: 죄송해요. 저희 집에 오셔야 해서 여성분께 판매하기로 했습니다. 답장 더 이상 안 할게요.

메시지를 보낸 혜영이 식탁 위에 핸드폰을 올려뒀다. 몇 번 짧게 핸드폰이 진동했으나 확인하지 않았다. 혜영은 어깨를 스트레칭하면서 러닝머신 쪽으로 다가갔다. 운동을 안 한 지 오래되어 러닝머신을 끌고 나갈 수 있을지 걱정이었다.

혜영이 이마에 맺힌 땀을 훔쳤다. 에어컨을 틀었는데도 땀이 비 오듯 흘렀다. 20분 동안 낑낑대며 러닝머신을 밀었지만 미동도 하지 않았다. 여자 혼자서 100kg이 넘는 러닝머신을 옮긴다는 건 불가능했다. 러닝머신이 거실 창가에 있어 물건을 가져가려면 집 안 깊숙이 들어와야 했다. 거실까지 들어오면 집안 구조가 훤히 보였다. 지저분한 진열장은 물론, 현관문 옆 벽에 쌓여있는 쓰레기봉투까지도.

"차라리 다 정리하고 아빠 있을 때 팔 걸 그랬나."

뒤늦은 후회가 밀려왔다. 집에 남을 들이기 싫은 이유에는 정리가 안 된 탓이 컸다. 쓰레기를 봉투에 넣던 중 〈지금거래〉에 접속한 걸 후회했다. 먼저 쓰레기부터 정리할걸. 퀴퀴한 냄새까지 나서 최악이었다. 이를 어쩐다. 혜영은 핸드폰을 꺼냈다. 지금이라도 약속 시간을 미루는 게 나을 수 있겠다는 생각이 들었다.

띵동. 〈지금거래〉앱에 접속하자마자 초인종이 울렸다. 월패드를 확인하니 긴 머리 여성의 실루엣이 보였다. 구매자가 벌써 온 것이다. 당황한 혜영이 동분서주했다. 우선 불쾌한 냄새를 제거하기 위해 룸스프레이를 뿌렸다. 띵동. 재차 초인종이 울렸다. 혜영은 신발장에서 주원의 구두를 꺼내 내려놓았다. 혼자 택배나 배달을 받을 때 이용하는 방법이었다. 시간을 지체한 혜영이 다급하게 현관문을 열었다. 그 순간 구매자를 보고 당황하고 말았다. 혜영의 키는 170cm로 작지 않은 편이었는데도 불구하고 상대방을 올려다보아야 했다. 통가발을 쓴 그는 인중과 턱에 수염이 올라와 푸르스름했다. 얼굴이나 몸의 골격이 절대 여자가 아니었다.

"안녕하세요~"

그는 콧소리가 섞인 높은 목소리로 인사하며 문을 열어젖혔다. 문을 열고 들어온 그의 뒤로 도어락 잠기는 소리가 들렸다. 긴장한 혜영이 마른침을 삼켰다.

"러닝머신 사기로 한 나은공주예용."

닉네임 나은공주, 본명은 최태웅. 그는 핑크색의 딱 달라붙는 크롭티에 짧은 청치마를 입고 있었다. 부자연스럽게 풍성한 머리카락은 가발인 게 티 났다. 어림잡아 170cm 후반은 되어 보이는 태웅은 체격도 좋아 작은 옷이 안쓰러울 정도로 늘어난 상태였다. 그 모습을 본 혜영은 혼란스러웠다. 트랜스젠더라면 상관없는데, 변태라면 문제였다. 태웅이 긴 머리카락을 귀 뒤로 넘겼다.

"언니. 저거죠?"

그가 창가 앞 러닝머신을 가리키며 물었다. 러닝머신을 가리키는 손가락 끝, 화려한 네일아트가 반짝였다. 손톱 위에는 귀여운 고양이 파츠가 잔뜩 올라가 있었다.

"아… 맞아요."

혜영이 목소리를 쥐어짜 냈다. 무서워서 쉽게 말이 나오지 않았다. 최근 뉴스에서 여장 변태가 여성의 뒤를 밟은 사건을 다룬 적이 있었다. 엘리베이터에 탄 여성을 뒤따라갔지만 간발의 차이로 타지 못했고, 화가 난 듯 문을 걷어차는 CCTV영상이 공개됐다. 만약 그런 일을 직접 당했다면… 생각만 해도 끔찍했다. 눈앞에 서 있는 태웅을 보며, 혜영은 입술이 바짝 말랐다.

"이거 얼마나 쓴 거예요?"

그런 혜영의 속마음을 알 리 없는 태웅은 상큼한 목소리로 물었다. 그는 러닝머신의 전원 버튼을 눌러 작동 여부를 확인하고 있었다.

"거의 안 썼어요."

"그래 보여요. 원래 러닝머신은 한두 달만 사용하고 다들 옷 건조대로 쓴다잖아요. 호호."

태웅이 눈은 웃지 않고 입꼬리만 올려 기괴한 웃음소리를 냈다. 웃음이 나올 상황이 아니었지만 혜영도 그를 따라 어색하게 웃었다.

"언니. 근데 환기 좀 해야겠다. 집에서 냄새나요~"

태웅이 코를 킁킁거리며 인상을 찌푸렸다. 냄새의 근원은 뻔했다. 벽에 쌓여있는 몇 개의 쓰레기봉투였다.

"언니 보기보다 지저분한 스타일인가 봐. 쓰레기봉투를 저렇게 쌓아두니까 냄새가 나지~"

태웅의 지적에 혜영의 얼굴이 붉어졌다. 이게 다, 주원 때문이었다. 핑계가 아니다. 원래 깔끔한 성격인 혜영은 정리 정돈과 청소를 자주 했다. 그러나 치우기가 무섭게 어지럽히는 주원이 문제였다. 그리고 오늘은 특수한 케이스였다. 쓰레기를 다 버리기 전에 남을 집에 들였으니 냄새가 나고 더러울 수밖에 없었다. 이래서 혜영은 러닝머신을 현관문 밖까지 끌고 나가고 싶었다.

"워, 원래는 잘 치우는데… 오늘은 일이 있어서 그런 거예요."

"다들 말은 그렇게 하더라. 근데 언니 상점에 보니까 남자 물건이 많더라고요. 남자친구나 가족 물건 대신 팔아주는 거예요?"

태웅의 질문에 혜영의 얼굴이 굳었다. '남자친구'라는 단어에 혜영이 날 선 목소리로 물었다.

"그게 왜 궁금하세요?"

"혹시 허락 안 받고 파는 걸 수 있잖아요. 나 괜히 장물 사는 거 아닌가 몰라."

새침한 태웅의 말에 혜영의 경계심이 누그러졌다. 여자가 남자 물건을 파니 충분히 물어볼 수 있었다. 혜영은 자신이 너무 예민하게 굴었음을 인정했다.

"남자친구 물건인데, 헤어져서 파는 거예요. 다 제가 사준 거거든요."

혜영의 말에 태웅이 깜짝 놀란 표정을 지었다. 상점에 올라온 물건은 상당히 고가의 시계와 가방이었기 때문이다.

"진짜? 언니가 다 사줬어? 명품 가방과 시계도 있던데… 설마 이 러닝머신도 언니가 사준 거예요?"

"네."

"어쩜 언니 그렇게 안 생겨서 완전 호구였네. 남자친구가 엄청 잘생겼어요?"

"잘생기긴 했는데… 아니에요, 이제 다 부질없어요. 그런 놈이 뭐라고 매달렸는지. 진짜, 아무것도 아닌데."

정말 아무것도 아니었다. 아무것도. 옆에 있을 때나 애틋하고 내 남자였지, 이제는 빨리 잊고 싶었다. 주원의 물건을 판매하며 혜영의 마음도 점점 비워졌다.

"언니. 그래서 울었구나. 얼굴이랑 눈이 퉁퉁 부어있어서 무슨 일 있나 싶었지. 이런 질문 실례일 수 있긴 한데… 혹시 남자친구랑 동거했어요? 집을 보니 좀… 여자 혼자 살던 집으로는 안 보여서."

태웅이 조심스러운 목소리로 물었다. 요즘 세상에 동거가 어때서, 혜영이 아무렇지 않게 대답했다.

"같이 살긴 했는데… 이제 혼자죠."

"그래도 재결합할 수 있는 거 아닌가? 혹시 알아요? 남자친구가 꽃다발 사들고 여기로 오는 중일 수도. 막 이래~"

"아뇨. 재결합 못해요, 절대로… 이제 연애는 질렸어요. 혼자 살 거예요."

"으응… 그렇구나. 언니 이제 혼자구나."

태웅의 눈이 묘하게 빛났다. 어제부터 축적된 피로에 혜영은 마른세수를 했다. 빨리 러닝머신을 팔고, 혼자만의 시간을 갖고 싶었다.

"구매하실 건가요?"

"으응~ 좋아요. 구매하죠."

"돈은 어떻게… 근데 이거 어떻게 들고 가시려고요?"

중고 거래는 간단하다. 판매자는 물건을 보여주고, 구매자가 돈을 주면 거래는 끝난다. 태웅이 구매 의사를 밝혔으니 돈을 주고, 러닝머신을 직접 가져가면 된다. 혜영은 태웅이 러닝머신을 어떻게 가져갈지 의문이 생겼다.

"옮기려면 사람이 필요한데… 따로 남자를 부르셨나요?"

"남자요?"

태웅이 입꼬리를 끌어올렸다. 눈은 웃지 않는, 인위적인 웃음이었다.

"남자는 여기 있는데…"

태웅이 치마를 위로 들어 올렸다. 속옷을 입지 않아 남성의 성기가 그대로 노출됐다. 혜영이 기겁해 뒤로 물러섰다. 그 모습을 본 태웅이 황홀한 표정을 지으며 다가왔다. 점차 발기하는 성기를 보며, 혜영의 머릿속에서 경고음이 울렸다.

* * *

제가 살게요. 바로 가져갈 수 있어요.

10만원을 더 주고 구매할게요.

저기요

메시지 좀 확인해 주세요.

도현이 혜영에게 여러 차례 메시지를 보냈으나 읽음 표시가 되지 않았다. 그는 신경질적으로 머리카락을 뒤로 넘겼다. 어떻게든 이 여자의 집주소를 알아내야 했다. 다른 물건을 언제 팔 줄 알고, 무작정 기다릴 순 없었다. 방법을 찾아야 했다. 도현의 머릿속에 한가지 묘책이 떠올랐다. 이 방법이라면, 주소를 알아낼지도 모른다. 그는 혜영이 올린 사진을 하나하나 클릭해 확대했다. 물건이 아니라 뒷배경에 집중했다. 인테리어와 구조를 확인한 것이다. 이미지를 캡처해 포털사이트에 사진 검색을 하자 비슷한 인테리어의 오피스텔 이미지가 나왔다. 검색된 이미지의 조건을 서울 홍성동으로 설정하자 다섯 개 미만의 오피스텔이 검색됐다. 도현은 검색된 오피스텔의 집안 구조를 샅샅이 살폈다. 핸드폰 사진 속 인테리어와 대조를 하던 도현이 자리에서 일어났다. 시간이 없다, 빨리 움직여야 했다.

8 장윤서

어디서든 늘 주목받는 사람, 그게 바로 장윤서였다. 작은 얼굴에 늘씬한 몸은 신의 축복이었다. 주변 사람들은 그에게 모델이나 연예인을 하라고 권했다. 아름다움은 여자가 가질 수 있는 가장 위대한 무기라고 칭송했다. 잘해도 예뻐서 잘한 거고, 못해도 예쁘니까 괜찮았다. 그들은 윤서의 내면보다 화려한 외모에만 집중했다. 예쁘니까, 외모와 맞는 직업을 하라고 멋대로 이야기했다. 윤서의 꿈은 비행기 조종사였다. 그 말을 들은 사람들은 비행기 조종사는 남자가 하는 거라며 승무원을 하라고 조언했다. 윤서의 진로고민을 진지하게 들어준 사람은 친언니뿐이었다. 윤서의 언니는 명문대 졸업 후 대기업을 다니는 커리어우먼이었다. 그는 윤서에게 하고 싶은 걸 하라며, 그게 비행기 조종사면 하라고 했다. 대신 쉽지 않을 테니 공부를 열심히 하라는 말도 덧붙였다. 윤서는 언니가 있어서 다행이라고 생각했다. 진짜 '나'를 알아주는 사람이 세상에 단 한 명이라도 있으면 충분했다. 그토록 원하던 항공대학교에 입학했고, 이제 꿈을 향해 정진할 일만 남았다고 생각했다. 언니처럼 아주 멋진 사람이 될 거라고 다짐했다.

그런데… 도대체 어디부터가 잘못됐을까? 윤서가 눈을 뜨자 하얀 천장이 보였다. 고개를 좌우로 움직여 봐도 커튼만 보였다. 윤서는 지금 알 수 없는 곳에 감금됐다. 무서운 점은 커튼 너머로 납치된 사람들이 더 있다는 것이다.

친구가 전자레인지를 버린다고 해서 가져온 게 사건의 발단이었다. 용돈이라도 벌어보겠다고 〈지금거래〉에 물건을 올렸고, 곧바로 구매하겠다는 채팅 메시지를 받았다. 템플스테이를 가기 전날, 늦은 밤에 중고 거래를 하다가 얼떨결에 구매자의 집에 갔다. 무방비한 상태에서 공격을 당해 기절하고, 눈을 떠보니 침대 위였다.

윤서는 한숨이 절로 나왔다. 하필이면 가족과 친구들에게 템플스테이를 떠나니 연락하지 말라고 신신당부했다. 절에 머무르는 동안 핸드폰을 보지 않는 디지털 디톡스에 도전할 생각이었다. 이런 말을 안 했다면 연락이 안 되는 걸 수상하게 여겨 누군가 경찰에 신고했을 텐데.

그래도 죽으란 법은 없었다. 윤서는 자헌의 도움을 받아 병원에서 탈출할 계획을 세우는데 성공했다. 이게 다 눈치가 빠른 덕분이었다. 자헌의 태도가 지금까지 봐왔던 남자들과 똑같았다는 걸 캐치한 것이다. 눈을 제대로 마주치지 못하고, 금세 얼굴이 빨개졌으며, 멋있어 보이려고 억지로 목소리를 낮게 깔았다. 향수를 뿌리고 머리카락을 왁스로 세운 걸 봤을 때 확신했다. 이 남자, 나를 좋아하고 있구나.

어떻게든 자헌을 꼬셔서 조력자로 만들어야 한다. 그게 이곳에서 살아서 탈출할 수 있는 유일한 방법이었다. 계획을 세운 윤서는 빠르게 움직였다. 우선 계춘이 방해할 수 없도록 화장실을 간다는 핑계로 둘만 있는 시간을 만들었다. 그리고 자헌에게 매달렸다. 눈물도 흘리고, 감정에 호소했다. 사실 이 방법이 무조건 통할 것이라고 생각하진 않았다. 그래서 플랜 B까지 준비하려고 했는데 자헌이 넘어온 것이다.

윤서는 벽에 걸린 시계를 확인했다. 시곗바늘이 4시 30분을 가리키고 있었다. 자헌이 알려준 바에 따르면 장기이식 수술을 할 시간이었다. 지하에 상주하는 관계자들이 모두 수술실에 들어가 감시가 허술해진다고 했다. 자헌은 윤서에게 장기매칭이 완료된 상태라 이번 기회를 놓치면 다음은 없을 테니 정신을 똑바로 차리라고 경고했다.

이제 움직일 시간이었다. 윤서는 조심히 몸을 일으켜 세웠다. 침대 억제대에 묶였던 몸은 자헌이 수술실에 들어가기 전 몰래 풀어줘서 자유로웠다. 침대에서 일어난 윤서는 커튼을 젖히고 주위를 둘러보았다. 총 여섯 개의 침대 중 단 한 침대만 커튼이 닫혀 있었다. 저기에 사람이 있다. 윤서는 본능적으로 알아챘다. 자헌이 주위 신경 쓰지 말고 혼자 도망치라고 했으나 그럴 수 없었다. 같이 도망치지 않으면 죽을 게 뻔한데 어떻게 모른 척을 할 수 있을까. 그리고 혼자 도망치는 것보다 둘이 도망치면 심적으로 의지도 되고, 결정적인 순간에 도움이 될지도 모른다.

윤서는 닫힌 커튼을 젖혔다. 침대 위 남자, 신우를 발견하고 아무 말도 할 수 없었다. 신우의 눈에 붕대가 감겨있었기 때문이다.

"괘, 괜찮으세요?"

윤서는 신우의 상태를 살피며 입에 물린 재갈을 풀어줬다. 신우는 처음 들어보는 여자 목소리에 두려운 목소리로 물었다.

"누, 누구세요…?"

윤서는 벽시계를 확인했다. 시곗바늘은 4시 35분을 향해 가고 있었다. 구구절절 설명하기에는 시간이 부족했다.

"설명할 시간이 없어요. 우리는 여기서 탈출할 거예요."

"탈…출이요? 어떻게요?"

윤서는 신우의 질문에 대답하지 않고 침대 억제대에 손을 댔다. 억제대를 한 번도 풀어본 적이 없어 속도가 더뎠다. 마음이 급하니 손도 뜻대로 움직이지 않았다. 간신히 억제대를 푸는데 성공하고, 결박된 신우의 몸은 자유를 찾았다. 윤서는 신우의 목뒤로 손을 넣어 상체를 일으켜 세웠다.

"일어날 수 있겠어요?"

"제가… 지금 앞이 안 보여요."

"다치신 거예요?"

윤서는 이곳에서 정확히 어떤 일이 일어나는지 몰랐다. 인신매매나 임상실험 등 목숨이 위험한 곳이라는 것만 알고 있었다. 그래서 신우가 눈에 붕대를 감은 건, 납치당할 때 다친 것이라고 추측했다.

"엊그제 눈 수술하고 왔어요…"

"수술이요? 무슨 수술이요?"

"…여기가 어딘지 몰라요? 장기이식 병원이에요."

생각지도 못한 대답에 윤서는 두 손으로 입을 막았다. 눈앞이 캄캄했다. 탈출에 성공하지 못하면 자신의 눈도 신우처럼 적출당할지도 모른다는 생각이 들어 등골이 오싹했다. 신우는 자신 없는 목소리로 말했다.

"저는… 같이 못 갈 것 같아요. 민폐만 끼칠 거예요."

윤서는 숨을 크게 들이마시고 내쉬었다. 지금 이 상황은 방탈출 게임 따위가 아니다. 제 한 몸 건사하기도 어려운데 앞이 보이지 않는 남자와 동행하는 건 큰 리스크였다. 도움을 받기는커녕, 신우가 걸림돌이 될 수 있는 상황이다. 이성적으로 생각하면 그를 버리고 가는 게 맞다. 그러나 사람은 때로 이성보다 마음이 앞설 때가 있다.

"…같이 나가요. 제가 부축해 드릴게요."

윤서는 신우와 함께 도망치는 걸 선택했다. 살아있는 사람을 보고도 몸이 불편하다는 이유로 혼자 도망칠 수 없었다. 그러나 신우는 다시 거절의 의사를 내비쳤다.

"혼자 탈출하기도 버거울 거예요. 차라리 나가서 경찰을 불러주세요."

"그때는 이미 늦었을지도 모르잖아요. 제가 도와드릴 테니까 같이 가요. 우리 둘이 힘을 합친다면 도망칠 수 있어요."

윤서는 신우가 침대에서 일어날 수 있도록 손을 잡아 끌었다. 고민하던 신우는 그 손을 잡고 몸을 일으켜 세웠다. 윤서는 자신보다 한 뼘은 큰 신우의 허리를 단단히 잡고 부축했다. 가시밭길의 시작이었다.

* * *

수술대 위에 머리가 희끗희끗한 노인이 산소마스크를 쓰고 누워있었다. 간 이식을 하러 온 VIP의 수술이라 집중해야 하는데 자헌의 머릿속은 윤서 생각으로 가득찼다. 얼마 전 민호에게 수술실 관리에 대해 한소리 들었음에도 불구하고 정신을 차리지 못했다. 마음이 콩밭에 가 있으니 수술 도구의 멸균 소독 처리도 하는 둥 마는 둥 했다.

사랑에 빠진 남자는 무모한 선택을 했다. 윤서가 운화병원에서 탈출할 수 있게 기꺼이 도와주기로 결정했다. 만약 탈출에 실패한다면 윤서뿐만 아니라 자헌의 목숨도 위험했다. 병원 물건을 빼돌렸으니 도현이 가만두지 않을 것이다. 부디, 윤서가 아무한테도 들키지 않고 도망치길 간절히 기도했다.

지하에는 의사인 민호와 간호사인 자헌, 계춘이 상주한다. 지상에 상주하는 영란이 소통하기 위해 내려오는 것 외에는 외부인의 출입이 철저히 금지됐다. 이 외에는 물건을 운반하는 도현, 그리고 수술하는 VIP만 들어올 수 있다. VIP의 수술이 잡히면 수술실에 민호, 자헌, 계춘까지 모두 들어가기 때문에 경비가 허술해졌다. 대신 곳곳에 설치된 CCTV 영상을, 상담실에 있는 영란이 실시간으로 모니터링했다. 자헌은 어제 상담실에 몰래 들어가 며칠 전에 찍은 CCTV 영상을 틀어뒀다. 모두 과거

영상으로 틀어놓으면 들킬 수 있어서 다인 병실 쪽 CCTV만 손을 댔다.

"준비 끝났어요?"

수술실 문이 열리고 민호가 들어오자, 계춘과 자헌이 고개 숙여 인사했다. 찔리는 게 많은 자헌은 민호의 얼굴을 똑바로 쳐다볼 엄두가 나지 않았다. 두뇌 회전이 빠르고 똑똑한 사람이라 자신의 생각을 꿰뚫어 볼 것 같았기 때문이다. 민호는 화이트보드에 적힌 수술 스케줄을 확인했다. 오늘 마지막 수술이었다.

"오늘은 여유롭네. 어서 수술하고 쉬죠."

민호가 수술대 앞에 섰다. 환자의 마취가 성공적으로 되었는지 확인해야 하는데 민호가 가만히 서 있었다. 미간을 한껏 찌푸린 그는 무언가 불편한 표정이었다. 제일 먼저 표정 변화를 눈치챈 것은 자헌이었다. 온종일 정신을 빼놓고 있어서 민호가 왜 저러는지 감이 잡히지 않았다. 수술기구 멸균이 제대로 안 됐나? 불과 몇 분 전에 한 일도 기억나지 않았다. 혹시 윤서와 내통한 사실을 알아챈 건 아니겠지. 자헌이 마른침을 삼켰다. 민호의 침묵에 계춘도 이상을 감지하고 쳐다봤다. 불길한 정적이 수술실을 감쌌다.

"아…"

민호가 입을 열자, 자헌이 촉각을 곤두세웠다.

"뭘 잘못 먹었나? 갑자기 배가 아프네."

민호가 아랫배를 만지며 말했다. 수술실에 들어오려면 온몸을 철저하게 멸균 처리해야 돼서 먼저 화장실에 다녀왔다. 화장실을 갔다 오면 다시 멸균처리를 해야 해서 귀찮기 때문이다. 그래서 세 사람은 수술을 시작하면 끝날 때까지 화장실을 가지 않고 참는 편이었다. 그러나 이번만큼은 참기 어려운지, 민호가 수술용 장갑을 벗었다.

"미안해요. 화장실 좀 갔다 올게요."

민호가 아픈 배를 부여잡고 수술실을 나갔다. 자헌은 불안한 눈빛으로 그 뒷모습을 쫓았다.

* * *

윤서는 발꿈치를 들고 소리가 나지 않게 걸었다. 앞이 보이지 않는 남자를 부축하고 움직이는 건 생각보다 어려운 일이었다. 고개를 들어 천장에 설치된 CCTV를 확인했다. 자헌이 알려준 바에 따르면 지하의 CCTV는 총

12대였다. 들키지 않도록 사각지대를 찾아 이동해야 했다. 윤서는 자헌이 해준 말을 떠올렸다. 병실에서 나오자마자 오른쪽으로 가라고 했던가. 총명한 윤서였지만 극한의 공포에 내몰리자 기억이 가물가물했다. 복도를 따라가다 보면 나오는 VIP 엘리베이터를 타고 도망치라고 했다. 윤서는 신우와 함께 천천히 걸었다.

"왜 배가 이렇게 아프지…"

복도 코너를 돌기 전 들리는 민호의 목소리에 윤서가 눈을 크게 떴다. 발소리는 점점 가까워졌다. 윤서는 황급히 뒤를 돌아봤다. 신우를 데리고 병실로 되돌아가기에는 시간이 부족했다. 바로 옆에 '폐기처리실'이라는 팻말이 붙은 방이 있었다. 망설일 틈도 없이 문의 손잡이를 잡아 열었다. 천만다행으로 문이 열렸고 신우와 함께 들어가 몸을 숨겼다. 민호가 문 앞을 지나가는 소리가 들리자, 두 사람은 안도했다.

한숨 돌린 윤서의 눈에 세 개의 드럼통과 처음 보는 기계가 보였다. 그 위에만 간접조명이 희미하게 켜져 있었다. 호기심이 생긴 윤서는 신우를 벽에 기대 앉게 하고 드럼통 쪽으로 다가갔다. 드럼통은 날짜가 적힌 뚜껑으로 닫혀있었다. 윤서가 그중 하나의 뚜껑을 들어 올렸다. 그 안에 들어있는 염산에 절인 시체에서 역한 악취가 났다.

"악!!"

윤서가 재빨리 입을 틀어막았지만 비명을 막기에는 늦었다. 아무것도 모르는 신우는 소리가 난 쪽으로 고개를 돌렸다.

그 시각, 복도를 걷던 민호가 고개를 갸웃했다. 폐기처리실에서 단발마의 비명이 들렸다. 민호는 갔던 길을 되돌아 폐기처리실 앞에 섰다. 계춘도 폐기처리실에 들어가는 날이면 덜덜 떠는데 민호라고 아무렇지 않을 리없었다. 그러나 수상한 소리가 들렸으니 확인해야 했다. 망설이던 민호가 문고리에 손을 댔다.

"선생님!"

자헌의 부름에 민호의 고개가 돌아갔다. 문고리를 잡았던 손도 내려갔다. 자헌이 다급하게 다가와 말했다.

"수술 준비 마쳤는데 너무 안 오셔서요. 거기서… 뭐하세요?"

"아. 지금 가는 길이었어요. 여기서 무슨 소리가 들린 것 같아서 확인해 보려고요."

"거기서요? 그럴 리 없을 텐데요. 제가 한 번 보고 갈 게요. 선생님은 수술실로 가보세요."

자헌의 말에 민호가 고개를 끄덕였다. 폐기처리실에 들어가고 싶지 않았는데 잘된 일이었다.

"먼저 갈게요. 확인하고 바로 수술실 복귀하세요."

민호가 자헌의 옆을 스쳐 지나갔다. 자헌은 터질 것 같이 두근거리는 심장을 부여잡고 폐기처리실로 들어갔 다. 조금만 늦었어도 큰일 날 뻔했다. 문을 연 자헌은 드 럼통 앞에 주저앉아 입을 틀어막고 우는 윤서, 그리고 벽에 기대어 앉아있는 신우를 발견했다. 자헌이 얼굴을 찌푸리며 문을 닫았다. 혼자 도망치라고 했는데 기어코 혹을 하나 달고 왔다. 그는 곧장 윤서에게 다가갔다.

"혼자 도망치라고 했을 텐데."

"죄, 죄송해요. 눈에 밟혀서…"

윤서가 몸을 바짝 엎드리고 빌었다. 일분일초가 급한 상황이라 다그칠 시간도 없었다. 자헌은 더 이상 추궁하 지 않고 윤서를 일으켜 세웠다.

"왜 반대로 왔어? 내가 병실에서 나와 왼쪽으로 가라 고 했잖아."

"아…"

윤서는 자신의 잘못에 말을 잇지 못했다. 자헌은 윤서의 어깨를 힘주어 잡았다. 정신 똑바로 차리라는 의미였다.

"내가 준 출입 카드는 잘 가져왔지?"

윤서가 주머니에서 출입 카드를 꺼내 보이며 고개를 끄덕였다.

"혼자였으면 5분이면 나가겠지만 저 새끼가 있으니까 시간이 더 걸릴 거야. 정신 똑바로 차려."

"네. 명심할게요. 감사합니다."

수술실로 복귀하기 위해 문으로 걸어가던 자헌이 멈춰 섰다. 천천히 고개를 돌려 윤서를 바라봤다. 작고 가냘픈 여자를 두고 가려니 마음에 걸렸다. 신체 건강한 사람도 아니고, 안구 적출을 당해 아무것도 보이지 않는 짐덩이를 데리고 나가려는 무모함에 화가 나면서도 착잡했다. 이런 상황에서도 남을 생각하는 인정 많고 착한 여자였다.

자헌은 하고 싶은 말이 많았지만 꾹 눌렀다. 더 많은 이야기는 밖에서 하고 싶었다. 좋아하는 음식은 뭔지, 노래는 어떤 걸 듣는지 궁금한 게 많았다. 많은 이야기를 나누고, 진심을 담아 마음을 전하고 싶었다.

"이 은혜… 절대 안 잊을게요."

윤서가 결의에 찬 목소리로 답했다. 그 말을 들은 자헌은 손목에 차고 있던 묵주 팔찌를 풀었다. 고등학생때 돌아가신 아버지의 유품이었다. 자헌은 무교였지만 묵주를 차고 있으면 하늘에서 아버지가 지켜주는 것 같아 하루도 빼지 않았다. 자헌에게 있어서 행운의 부적이었다. 묵주 팔찌를 든 자헌은 윤서에게 다가갔다. 가느다란 손목에 투박한 묵주 팔찌를 끼워줬다. 윤서에게 어울리지 않는 디자인이었다. 밖에 나가서 만나면, 윤서에게 어울리는 예쁜 팔찌를 사주겠다고 마음먹었다.

"꼭 차고 있어. 널 지켜줄 거야."

윤서는 손목에 채운 묵주 팔찌를 내려다보았다.

"감사해요."

묵주 팔찌를 채워준 자헌은 잠시 주저했다. 윤서는할 말이 있어 보이는 자헌의 표정을 보며 집중했다. 자헌이 마른침을 삼키고 입을 열었다.

"너 나가면… 나랑 한강공원 갈래?"

"한강공원이요?"

뜬금없는 자헌의 제안에 윤서가 갸우뚱했다. 여자를만나본 적이 없는 자헌이 생각한 데이트코스였다. 처음

서울에 올라오고 계춘과 한강공원을 간 적이 있었다. 커플끼리 돗자리를 펴고 데이트하는 모습을 부럽게 쳐다만 봤다. 다음에는 꼭 여자와 오겠다고 다짐한 지 3년이 다 되어갔다.

"그냥… 가고 싶어서. 싫으면 말고."

패기있게 말한 자헌은 윤서의 표정을 보고 한발 물러났다. 이런 상황에서 한강공원에 가자고 제안하다니, 미친놈으로 볼 게 뻔했다.

"아뇨. 가요. 못 갈 이유가 뭐가 있겠어요."

윤서가 자헌과 눈을 마주치며 흔쾌히 대답했다. 목숨을 살려준 대가가 고작 한강공원에 가는 것이라면, 아주 약소했다. 늘 딱딱하게 굳어있던 자헌의 표정이 느슨하게 풀렸다. 윤서는 처음으로 자헌이 웃는 모습을 봤다.

"조심히 가."

자헌은 마지막으로 윤서를 눈에 담고 돌아섰다. 벽에 기대어 덜덜 떨고 있는 신우를 발로 걷어차고 싶은 걸 참으며 폐기처리실을 빠져나왔다. 윤서에게 걸림돌만 안 되기를 바랐다.

아버지, 하늘에서 보고 계시다면, 이번만큼은 제가 아닌이 여자를 지켜주세요.

자헌이 윤서를 위해 기도했다. 생애 처음, 남을 위한 기도였다.

* * *

상담실에 잔잔한 클래식 음악이 흘렀다. 고급을 지향하는 운화병원과 잘 어울리는 선곡이었다. 콧노래를 부르던 영란이 서랍을 열어 매니큐어를 꺼냈다. 그에게 상담실은 아늑한 휴식공간이었다. 영란의 앞에 놓인 듀얼 모니터에는 수술 스케줄 파일과 실시간 CCTV 영상이 나란히 켜져 있었다. 12대의 CCTV 영상 중 몇 개는 하단의 촬영 일자가 며칠 전이었지만 영란은 눈치채지 못했다. 잘 정돈된 손톱에 새빨간 매니큐어를 바른 영란이 후후 바람을 불었다. 푹신한 의자에 몸을 기대니 이곳이 직장이라는 사실도 잊었다. 이런 날에는 바다에나 놀러 가면 좋을 텐데. 빨간 매니큐어와 어울리는 시원한 원피스를 입고 애인과 즐거운 시간을 보내는 상상에 빠진 영란을 현실로 끌고 온 것은 노크 소리였다.

똑똑. 영란은 의자에 파묻힌 몸을 일으켜 세웠다. 매니큐어를 서랍에 넣고, 앞머리에 말아둔 헤어롤도 풀었다. 목을 한 번 가다듬은 영란이 대답했다.

"네."

문이 열리고 유세미가 들어왔다. 세미는 운화병원 지상에서 5년 일한 베테랑 간호사였다. 지상 간호사 중 유일하게 지하 수술실의 정체를 알고 있어 급할 때는 영란을 서포트했다.

"실장님. 오늘 수술하시는 이 회장님 사모님께서 상담 요청하셨습니다."

"네, 모시고 와주세요."

세미가 나가자 영란이 부산스럽게 주위를 정리했다. 매니큐어 때문에 아세톤 냄새가 날까 싶어 급하게 룸스프레이를 뿌렸다. 영란은 탁상 거울을 보며 화장이 번지지 않았는지 확인하고, 옷매무시를 다듬었다.

똑똑. 노크 소리와 함께 열린 문 앞에는 세미와 중년 여성이 서 있었다. 그는 상담 테이블 앞 의자에 앉았다.

"안녕하세요, 사모님. 회장님께서 수술 중이라 걱정이 많이 되시죠?"

영란은 영업용 미소를 지으며 물었다.

"운화병원 의료진의 실력을 믿고 있어요. 무사히 끝날 거라고 생각해요."

"최선을 다하겠습니다. 혹시 더 궁금하신 사항이 있으실까요?"

영란의 질문에 여성이 잠시 말을 아꼈다. 말하기 곤란한 듯 보였다. 영란은 더 재촉하지 않고 그가 입을 열기까지 기다렸다.

"내가 좀 알아보니까 태반주사나 줄기세포 주사보다 미용에 더 좋은 게 있다고 하던데…"

"어떤 걸 말씀하시는 걸까요?"

"젊고 아름다운 여성의 혈액으로 교체하면 세포가 젊어진다고 하더라고요."

여성의 말에 영란은 표정 관리를 했다. 이 일을 하면서 별의별 사건을 다 보았지만 매번 놀랄 일들이 생긴다. 자가혈 주사는 들어봤어도, 다친 것도 아닌데 타인의 혈액을 투여받는다니. 바보 같은 짓이라고 생각했으나 영란은 아는 척 맞장구를 쳤다.

"저도 들어본 적 있어요. 피부재생을 위해 자가혈 주사를 맞기도 하잖아요."

"지인이 몰라보게 젊어져서 물어봤더니 글쎄 이런 게

있다고 하더라고요. 시술받은 병원은 다른 곳인데, 여기에서도 시술하는지 궁금해서요."

운화병원은 돈이 되는 일이라면 뭐든지 다 했다. 불법 장기거래, 인육 거래도 하는데 이 정도는 일도 아니었다. 희귀혈액형도 구해주는데 젊고 아름다운 여성의 피를 구하는 것은 식은 죽 먹기였다. 게다가 피만 팔고 장기나 인육은 따로 거래할 수 있으니 이득이었다.

"당연히 가능하죠. 언제까지 구해드리면 될까요?"

"빠르면 빠를수록 좋죠. 회장님 쾌차하기 전까지면 더 좋고요. 수술 끝나고 더 예쁜 모습을 보여주고 싶어요."

젊고 아름다운 여자라면, 바디바바디바 O형을 구하는 것에 비하면 아주 쉬운 일이었다.

"혈액형이 어떻게 되시나요?"

"O형이에요. 그리고… 얼마나 아름다운 여자인지 사진이나 실물을 보고 싶어요."

"네, 사모님의 요구사항 반영해서 최대한 빠르게 구해보겠습니다."

영란이 분주하게 차트에 글씨를 적었다.

젊고 아름다운 O형 여자의 혈액.

아주 쉬운 의뢰에 미소가 저절로 났다.

* * *

차에서 내린 도현이 오피스텔을 올려다보았다. 혜영의 집 인테리어와 가장 비슷한 곳이었다. 오피스텔로 들어가기 위해 공동 현관 비밀번호가 필요했는데, 마침 배달원이 와서 따라 들어갔다. 도현은 우편함에서 우편물을 일일이 확인했다. '장혜영'의 이름으로 도착한 우편물은 없었다. 그렇다면 직접 확인하는 수밖에 없다. 도현은 엘리베이터 버튼을 누르고 기다리는 배달원을 지나쳐 계단으로 올라갔다. 2층으로 올라가니 왼쪽과 오른쪽, 두 세대가 사는 걸 확인했다. 오른쪽 현관문에는 밀린 공과금을 내라는 독촉장이 붙어있었다. 문 앞에 쌓인 신문을 보니 집주인이 오랫동안 집을 비운 게 틀림없었다. 왼쪽 현관문은 비교가 될 정도로 깨끗했다. 도현은 망설임 없이 왼쪽 현관문의 초인종을 눌렀다.

띵동. 띵동. 현관문을 벌컥 열고 나온 건 20대 초반의

젊은 남자였다. 도현은 남자의 어깨 너머 거실을 봤다. 혜영이 올린 사진 속 인테리어와 달랐다. 러닝머신이 있어야 할 자리에는 건조대가 놓여있었다. 이 집이 아니었다.

"누구세요?"

남자의 질문에 도현은 당황하지 않았다. 그는 임기응변에 강했다.

"아… 제가 중고 거래를 하다가 사기를 당했거든요. 정확한 주소를 몰라서 찾아와봤는데 여기가 아니네요."

"사기요? 저도 얼마 전 문화상품권 사다가 사기당했는데… 사기꾼이 저희집 주소를 알려준 거예요?"

"아뇨. 사진을 보고 찾아왔어요."

도현은 핸드폰으로 혜영이 올린 중고 물품을 보여줬다. 물건보다 집안 구조가 잘 보이는 사진이었다. 남자는 눈을 가늘게 뜨고 사진을 확인했다.

"어… 여기 아는 곳 같은데. 어디서 봤지?"

남자는 사진을 확대하며 자세히 살폈다. 어디서 본 것 같은데, 라는 말을 여러 번 되뇌다가 퍼뜩 소리를 질렀다.

"아! 여기 대학 동기가 사는 자취방 같은데. 놀러 가

봐서 기억나요."

"그래요? 이 구조만 보고도 알겠어요?"

"네. 여기 뒤에 시계 보이죠? 이게 오피스텔 집주인이 입주민에게 나눠준 거예요. 모양이 독특해서 기억나요."

남자는 러닝머신 사진 오른쪽으로 보이는 시계 사진을 확대하며 말했다. 오피스텔 건물 모양의 촌스러운 시계였다.

"여기 아래 보면 글씨 적혀있잖아요. 이게 오피스텔 명이에요. 촌스러워서 버리려고 했는데 집주인이 부적처럼 가지고 있으라고 했대요."

도현이 사진 속 시계를 보았다. 남자의 말대로 하단의 하얀 글씨가 뭉개져 있었다.

"여기 오피스텔이 어디예요?"

"홍성동 네이빌 오피스텔이에요. 여기서 별로 안 멀어요. 차 타고 20분 정도?"

"감사합니다."

도현의 얼굴에 화색이 돌았다. 혜영의 집으로 예상되는 오피스텔을 다섯 군데 추렸는데 그중 네이빌 오피스텔도 있었다. 운 좋게 혜영의 오피스텔을 아는 사람을 만나 시간을 줄이게 됐다. 도현은 급하게 건물에서 나와 차에 몸을 실었다. 안전벨트를 매고 차 시동을 걸고 출발하려는 순간, 핸드폰이 진동했다. 영란에게 온 전화였다. 도현은 곧바로 전화를 받았다.

"네, 실장님."

"선생님, 젊고 예쁜 O형 여자 좀 구해주세요."

"O형이요?"

"네. VIP가 젊고 예쁜 여자의 피로 주사를 맞고 싶대요."

마침 도현의 머릿속에 윤서가 떠올랐다. 전자레인지를 팔러왔던 여자. 꽤 예쁘게 생겨 아직도 얼굴이 기억났다. 새 물건을 가져오기보다, 있는 물건을 사용하는 것도 나쁘지 않았다.

"얼마 전에 가져간 물건 한 번 확인해 보셨어요? 꽤 미인이던데, 혈액형이 O형인지는 모르겠네요."

영란은 서류꽂이에서 차트를 꺼내 확인했다. 자헌이나 계춘이라면 모를까, 영란이 다인 병실에 감금된 사람들의 얼굴을 볼 일은 없었다. 도현의 말대로 제일 최근 납치된 사람은 여자로 6번 침대에 배치됐다. 마침 혈액형도 O형이었다.

"O형 맞네요. 지금 지하로 내려가서 확인해 볼게요."

"네. 그리고 실장님이 좋아하실 소식 하나 있어요. 바디바바디바 O형 찾았어요."

"벌써요? 정말 빠르게 구하셨네요. 그럼 물건은 언제 입고될까요?"

영란이 반색하며 물었다. 도현은 손목시계를 확인했다. 오피스텔을 찾아냈으니 2시간이면 충분했다.

"오늘 저녁에 가져갈게요."

"역시 송선생님. 대단하세요. 연락 기다릴게요."

전화를 끊은 도현이 핸드폰을 주머니 속에 넣었다. 내비게이션에 홍성동 네이빌 오피스텔을 입력했다. 빠른 길 추천, 19분 후 도착. 도현의 차가 부드럽게 출발했다.

9 돌발 상황

수술실은 아주 조용했다. 가끔 수술용 밧드에 메스를 내려놓는 소리만 들렸다. 노래를 틀어두고 수술하는 의사도 있지만 민호는 소음에 예민했다. 의료사고 트라우마가 계속 그를 힘들게 했다. 특히 수술은 변수가 많아 생사를 오가는 위험이 도사렸다. 이유 없이 심정지가 오는 경우도 종종 있었다. 똑같은 수술을 해도 무사히 마치는 사람이 있는가 하면, 죽음의 문턱을 오가기도 했다.

오늘 환자는 나이가 많아 어려운 수술이 되겠다고 예상했는데 생각보다 잘 버텨줬다. 이대로라면 평소보다

더 빨리 수술이 끝날 수 있겠다고 생각한 순간, 심박측
정기 그래프가 날뛰기 시작했다.

"뭐야, 이거 왜 이래?"

환자의 바이탈이 잡히지 않자, 민호가 다급하게 제세
동기를 가동했다. 자헌과 계춘이 환자 옆에서 물러났다.
몇 분 동안 심장에 자극을 주자 심박측정기 그래프가
다시 안정을 찾았다.

"깜짝 놀랐네…"

민호의 턱선을 타고 땀이 흘러내렸다. 여기서 사고가
터지면 수습할 수 있는 사람은 민호뿐이었다. 각 분야
권위 있는 전문의가 상주하는 대학병원이 아니다. 자헌
과 계춘은 아무것도 할 줄 모른다. 민호는 수술대 위 노
인의 얼굴을 확인했다. 옷을 벗고 누워있는 모습은 평범
한 사람과 다를 게 없지만, 그는 영일그룹의 회장이다.
영일그룹은 우리나라 굴지의 철강기업이다. 무조건 성
공적으로 끝내야 하는 수술이다.

"다들 정신 똑바로 차려요. 잡생각 하지 말고 수술에
만 집중해요."

민호가 마른 입술을 혀로 축였다. 하얀 얼굴이 더 새
하얗게 질렸다. 의료사고 트라우마가 떠올라 속이 뒤틀

려 매스꺼웠다. 메스를 쥔 손이 심하게 떨렸다. 자헌과 계춘은 민호를 불안한 눈으로 쳐다봤다. 그래도 수술을 멈출 수 없었다.

* * *

아직 VIP 엘리베이터는 보이지 않았다. 윤서는 마음이 조급해졌다. 그러나 신우를 재촉하진 않았다. 윤서만큼이나 본인도 답답하고 두려울 게 뻔했다.

"후으…"

신우가 낮은 신음을 내뱉었다. 아무것도 보이지 않으니 작은 소리에도 민감하게 반응했다. 어디선가 병원 관계자가 나타날지 모른다는 두려움에 온전히 정신을 유지하기 힘들었다. 주먹을 꽉 쥔 신우의 손이 땀으로 축축했다.

삑. 삐빅. 어디서 기계음이 들리더니 문이 열리는 소리가 들렸다. 또각, 또각. 복도에 여자 구두소리가 울려 퍼졌다. 윤서가 황급히 숨을 곳을 찾았으나 마땅한 방이 없었다. 급한 대로 복도에 쌓아둔 의약용품 박스 뒤로 몸을 숨겼다. 윤서와 신우는 차가운 벽에 등을 대고 숨을 죽였다.

"안녕하세요, 운화병원 박영란 실장이에요."

지하로 내려온 사람은 영란이었다. 그는 고객과 통화하며 복도를 걸었다.

"네, 전에 문의하신 바디바바디바 O형이요. 구해서 연락드려요."

바디바바디바 O형. 영란의 통화를 엿듣던 윤서의 눈이 커졌다. 윤서는 통화 내용에 귀를 기울였다.

"수술 일정 잡아서 다시 연락드릴게요. 네, 조심히 들어가세요."

영란이 전화를 끊고, 다인 병실 문을 여는 소리가 들렸다. 윤서가 아랫입술을 깨물었다. 혼자라면 죽이 되든 밥이 되든 복도를 뛰어 도망가 볼 텐데 신우가 있어 그러지도 못했다.

"뭐야… 어디 갔어?"

당황한 영란의 목소리가 복도에 울려 퍼졌다. 다인 병실이 텅 비어있는 걸 알아챘으니 가만있지 않을 것이다. 윤서는 조심스레 박스 너머 동태를 살폈다. 영란은 문 앞에 붙은 침대 배치도를 확인하며 다급하게 전화를 걸었다.

"유 간호사. 큰일 났어. 물건이 모두 사라졌어. 바로 CCTV 확인하고, 병원 밖으로 나간 사람 있는지 찾아봐."

전화를 끊은 영란이 방의 문을 열어보기 시작했다. 문고리를 잡아 돌리는 소리가 들리고, 곧 쾅! 하고 문이 닫혔다. 윤서는 점점 가까워지는 소리에 숨이 넘어갈 것 같은 공포를 느꼈다. 신우의 손을 꼭 잡았다. 이대로 가만히 있을 수 없었다. 같이 달려서 도망치려는 순간, 영란의 핸드폰 벨소리가 크게 울렸다. 그는 신경질적으로 전화를 받았다.

"어, 자헌 씨. 나 지금 바쁜데, 중요한 일이에요? 뭐라고요? 바로 갈게요."

윤서쪽으로 다가오던 영란이 발걸음을 돌렸다. 복도를 뛰어가는 구둣발소리가 점점 멀어졌다. 벽에 기대어 서 있던 윤서의 몸이 주르륵 미끄러져 바닥에 주저앉았다.

* * *

"도대체 무슨 말이에요? VIP의 생명이 위독하다니!"

영란이 수술실 문을 벌컥 열고 들어왔다. 평소라면 소독과 멸균을 철저히 하고 들어오라고 민호의 잔소리가 쏟아졌을 텐데 조용했다. 바닥에 주저앉은 민호는 패닉상태에 빠져 영란이 온 지도 몰랐다. 환자와 연결된 심박측정기의 그래프는 일직선을 그리고 있었다. 그걸 본 영란이 이성을 잃는 건, 당연한 일이었다.

"지금 손 놓고 뭐하고 있어요?"

"…이미 늦었어요."

"그래도! 뭐라도 해야 할 거 아니에요? 속 편하게 바닥에 앉아있어요?"

영란의 하이톤 목소리에 민호가 반응했다. 간호사 면허도 없는 자헌과 계춘이 할 수 있는 건 없었다. 이건 수술을 담당한 민호를 향한 책망이었다. 민호는 속에서 무언가 뚝 끊어지는 걸 느꼈다. 그동안 꾹꾹 눌러 담았던 분노, 화, 열등감이 한꺼번에 터져 나왔다.

"속 편하게 있다고? 가만히 있었겠어? 할 수 있는 건 다 했는데 죽은 걸 어떻게 하라고!"

"뭐, 뭐라고요?"

"나는, 나는 죄가 없어… 그래, 왕계춘! 내가 수술실 소독 제대로 하라고 했지? 네가 잘못한 거 아니야?"

민호는 계춘을 비난하기 시작했다. 이유를 알 수 없는 심정지. 분명 계춘과 자헌이 수술 전 준비를 철저히 하지 않았기 때문일 것이다. 민호는 현실을 부정했다. 이제 반년만 참으면 의사면허를 재교부받을 수 있는데 모든 게 물거품이 됐다.

"이 새끼가 돌았나… 이제 하다하다 네 잘못을 나한테 뒤집어씌워?"

이런 말을 듣고 가만히 있을 계춘이 아니었다. 그도 욱해서 소리쳤다.

"이분이 누구인 줄 알아요? 영일그룹 회장님이라고요, 회장님!"

영란도 계춘과 같이 민호를 힐난했다. 두 사람의 비난에 민호의 머릿속이 웅웅 울렸다. 심장이 제멋대로 쿵쾅거리고 속이 울렁거렸다. 헛구역질이 올라왔다. 민호의 편은 아무도 없었다.

"누가 의사면허 없는 돌팔이 아니랄까 봐…"

영란의 말에 민호가 눈을 사납게 치켜떴다. 극심한 스트레스에 목 아래에서 신물이 올라왔다. 이명이 들리고, 환청이 들렸다.

죽여…

민호의 머릿속에서 남자의 목소리가 울렸다.

"네가 뭔 의사야? 사람 살리라고 했더니 죽이기나 하는데. 너 의료사고 있었다면서? 그때도 사람 죽였지? 살인마 새끼."

계춘이 손가락질하며 소리쳤다. 민호는 극심한 어지러움에 두 손으로 머리를 감쌌다.

죽여, 죽여버려!

어디선가 들리는 환청이 그를 괴롭혔다. 살인을 지시하는 목소리는 점점 선명해졌다.

"아니야… 안 돼, 싫어…"

민호는 필사적으로 고개를 흔들었다. 이건 환청이다. 정신적 충격으로 환청을 듣는 것이다. 정신 차리려고 노력했다. 계춘은 이상행동을 하는 민호를 고깝게 노려봤다.

"너 뭐하냐? 쇼하고 있네."

"개판으로 수술하고 나 몰라라 하는 거예요? 나보고

뒤처리를 어떻게 하라고! 송도현도 뭘 믿고 이런 새끼를 데려온 거야?"

계춘과 영란의 일방적인 비난은 계속됐다. 민호는 더 이상 자신을 제어할 수 없었다.

이런 소리 들을 거야? 죽여버리면 된다니까.

민호가 머리를 감싸던 손을 내리고 몰래 스테인리스 밧드에서 메스를 쥐었다.

메스를 쥐고, 찔러.

민호는 머릿속을 가득 채운 목소리의 주인공을 알아챘다. 송도현이었다. 그가, 지금 눈앞에 사람들을 죽이라고 명령했다.

내가 다 책임질게. 그러니까 걱정하지 말고 죽여.

"…알겠어요."

민호가 아주 작은 목소리로 대답했다. 도현이 시키는

대로 따른 것뿐이니까 자신은 죄가 없다. 민호는 스스로 면죄부를 줬다.

"알긴 뭘 알아?

영란이 날카롭게 소리를 지르며 민호에게 다가왔다. 민호는 영란이 피하지 못하게 오른쪽 팔을 잡았다.

"뭐하는,"

영란의 말이 미처 끝나기도 전에, 메스를 휘둘러 목을 그었다. 촤악! 영란의 목에서 뿜어져 나온 붉은 피가 민호의 하얀 얼굴과 수술복을 적셨다.

"큭… 크윽…"

갑작스러운 공격에 영란이 두 손으로 목을 잡으며 바닥으로 쓰러졌다. 순식간에 일어난 일이었다. 크게 놀란 계춘이 다리에 힘이 풀려 주저앉았다. 그는 민호를 향해 손가락질하며 외쳤다.

"미, 미, 미친 새끼! 사람을 죽였어!"

민호의 다음 타깃은 계춘이었다. 그는 바닥에 주저앉은 계춘의 몸 위에 올라타 가슴을 메스로 찔렀다. 메스로 여러 차례 계춘의 가슴을 찌르는 광기 어린 모습에 자헌이 주춤거리며 뒤로 물러섰다.

"도, 와줘!"

계춘이 피를 쏟으며 자헌에게 도움을 요청했다. 메스를 쥔 민호는 손을 멈추지 않았다. 계춘이 손으로 가슴을 방어하자, 메스가 손바닥을 뚫고 들어갔다.

"으아아악!"

자헌은 계춘의 날카로운 비명을 뒤로하고 수술실 밖으로 도망쳐 나왔다. 오랜 친구지만 구할 용기가 나지 않았다. 살인 현장을 목격한 충격으로 오금이 저렸다. 뻣뻣하게 굳은 다리를 움직이다가 제 발에 걸려 크게 넘어졌다. 아픔을 느낄 새도 없이 몸을 일으켜 다시 달렸다.

윤서는 탈출했을까? 자헌은 촌각을 다투는 이 순간에도 윤서를 떠올렸다. 아직 이곳을 벗어나지 못했다면 큰일이었다. 몸이 성치 않은 남자까지 챙겨야 하니 쉽지 않을 것이다. 혹시 어디 방에 들어가 몸을 숨기고 있는 건 아니겠지? 자헌은 방을 살펴봐야 하나 고민했다. 그때, 복도 끝 코너 벽 뒤로 몸을 납작 엎드린 윤서와 신우를 발견했다. 자헌이 뛰어오는 소리에 고개를 뒤로 돌린 윤서와 눈이 마주쳤다. 윤서는 코너 너머를 손가락으로 가리키곤 입술 위에 검지손가락을 댔다.

코너를 돌면, VIP 엘리베이터가 있다. 자헌은 그곳에 누가 있는지 알아채기 어려웠다. 지하에 들어올 수 있는 사람은 극히 적었다. 영란과 민호, 계춘이 수술실에 있으니, 설마… 자헌은 도현만 아니기를 빌며 윤서와 신우를 지나쳤다.

엘리베이터 앞에 있는 사람은 세미와 경호원이었다. 자헌은 가슴을 쓸어내렸다. 도현이 아니어서 다행이었다. 세미는 가끔 영란의 심부름을 하러 지하에 내려온 적이 있어 자헌과 안면을 튼 상태였다. 자헌은 목소리를 가다듬고 물었다.

"안녕하세요. 여기는 무슨 일이세요?"

"…안녕하세요. 안 그래도 자헌 씨 찾고 있었는데 잘 됐네요."

세미는 심각한 표정으로 말했다. 자헌은 아무것도 모르는 척 되물었다.

"저를요? 무슨 일이죠?"

"다인 병실에서 물건이 사라졌어요. 한 명도 아니고 두 명 모두요."

"네? 그게 무슨… 큰일인데요. 언제 없어졌어요?"

자헌이 혼신의 연기를 펼쳤다. 의심받으면 끝이다. 어떻게든 시치미 떼야 했다. 세미는 잠시 생각하고 답했다.

"아마 30분 정도 된 것 같아요."

"이렇게 가만히 서 있을 게 아니라 흩어져서 찾아야 죠."

자헌이 세미에게 답답하다는 듯이 말했다. VIP 엘리베이터 앞에 세미와 경호원이 서 있으면 윤서가 도망칠 수 없다. 윤서와 신우를 찾는다는 명목으로 그들을 움직이게 만들어야 했다. 다른 방향으로 유인한 뒤에 윤서를 데리고 나간다, 이게 자헌의 계획이었다.

"아직 밖으로 나가진 못했어요. 이곳을 나가려면 출구가 이곳뿐이니까 제 발로 올 거예요."

그러나 세미는 호락호락하지 않았다. 자헌은 그를 설득하기 위해 다시 입을 열려고 했으나 세미가 빨랐다.

"근데 지금 다들 어디에 계세요? 자헌 씨가 여기 있는 거 보면 수술 시간은 아닌 것 같은데요."

허를 찌르는 질문에 자헌이 입을 다물었다. 변명거리를 생각하는데 세미가 다시 물었다.

"자헌씨. 출입 카드 좀 보여줄래요?"

자헌은 주머니를 뒤지는 시늉을 했다. 윤서에게 출입 카드를 줬으니 있을 리 없었다. 몇 번이나 주머니 속에 손을 넣어 확인하던 자헌이 낭패라는 표정을 지었다.

"이상하네. 이게 어디 갔지…"

바지 주머니뿐만 아니라 상의 주머니까지 샅샅이 뒤진 자헌이 한숨을 내쉬었다.

"어디에 두고 온 모양이에요. 정신없다 보니까 이런 실수를 하네요."

자헌의 변명에 세미가 코웃음 쳤다. 그 모습을 본 자헌의 얼굴이 굳었다.

"더 이상 놀아줄 시간이 없어서요. 물건 어디로 빼돌렸어요?"

세미는 확신에 차 있었다. 자헌은 바싹 마른 아랫입술을 혀로 적셨다. 진짜 알아챈 것인지, 아니면 한 번 찔러보는 건지 알 수 없었다. 우선 자헌은 부정했다.

"무슨 말을 하는 거죠? 제가 물건을 왜 빼돌려요."

"CCTV 보고 왔으니 발뺌하지 마세요. 폐기처리실에서 물건과 만난 거 다 찍혔어요."

"오해예요. 이 선생님께서 폐기처리실에서 이상한 소리가 났다고 해서 확인하러 들어간 거예요. 제가 들어갔을 때는 아무도 없었어요. 아마 숨어있었나 봐요."

자헌은 물 흐르듯이 자연스럽게 거짓말을 했다. 결정적인 증거가 없으니 부정해야 했다.

"그런데 자헌 씨가 나온 후에 여자와 남자가 나왔는데, 손에 출입 카드를 들고 있던데요?"

"아… 그럼 거기에 출입 카드를 흘렸나 봐요."

자헌은 표정 하나 바뀌지 않고 말을 지어냈다. 세미는 한쪽 입꼬리를 올렸다.

"아직 대답을 듣지 못한 게 있는데… 다들 어디 갔어요? 박 실장님도 연락이 안 되시던데요."

영란은 이미 죽었으니 연락될 리 없다. 자헌은 정신이 퍼뜩 들었다. 민호가 메스를 들고 뒤쫓아올 것이다. 그 전에 어서 여기를 나가야 했다. 세미가 천천히 자헌 쪽으로 다가왔다.

"우선 수술실에 가봐야 겠네요."

수술실을 가기 위해서는 자헌을 지나쳐 가야하는데, 코너 벽 뒤에는 윤서와 신우가 숨어있다. 신우가 건강한 남자였다면 맞서 싸워볼 만했지만 앞을 못 보니 짐이었다. 상대도 남자 한 명, 여자 한 명이니 일대일 싸움이었다. 자헌은 옆을 지나치려는 세미를 제압해 붙잡았다. 그리고 경호원을 향해 소리쳤다.

"가만히 있어! 움직이면 이 여자는 내 손에 죽어."

"자, 자헌씨!"

자헌은 세미의 목을 팔뚝으로 눌렀다. 경호원은 삼단 봉을 꺼내 들었다. 칼을 들고 있는 것이 아니라 협박해도 큰 효과가 없었다. 험악하게 생겨도 자헌은 평범한 20대 남자였다. 맨손으로 사람의 목을 꺾는 방법이나 목숨을 위협할 기술을 알 리 없었다. 경호원과 대치하고 있는 상황에서 세미를 끌어안고 있는 게 오히려 방해됐다. 자헌은 세미를 방패 삼아 경호원에게 달려들었다. 당황한 경호원의 허리를 잡아 넘어트리는데 성공한 자헌이 몸 위로 올라타 주먹을 휘둘렀다. 퍽, 퍽, 하는 무거운 타격음과 함께 자헌의 주먹이 후끈해졌다. 밀려 넘어진 세미가 자헌을 향해 소리쳤다.

"이봐요, 자헌씨! 이렇게 나와서 좋을 거 없어요!"

자헌의 주먹질은 멈추지 않았다. 경호원의 열세에 세미는 그를 돕기 위해 주위를 살폈다. 엘리베이터 앞 빨간 소화기가 눈에 들어왔다. 세미는 소화기를 가져와 자헌에게 다가갔다. 소화기를 머리 위로 들어 올리고 내리치려는 순간, 윤서가 튀어나와 몸을 부딪쳤다.

"아악!"

갑작스러운 공격에 몸의 중심을 잃은 세미가 뒤로 넘어졌다. 두 손에 쥐고 있던 소화기가 떨어지며 윤서의 발등을 찍었다. 발가락뼈가 부러지는 것 같은 고통에 윤서가 균형을 잃고 넘어졌다.

"윽!"

넘어지며 발을 접질른 윤서가 신음했다. 발목 인대가 늘어나 고통스러웠다. 정신없이 주먹질하던 자헌이 고개를 들어 윤서를 살폈다. 그 틈을 타 경호원이 자헌의 멱살을 잡아 머리로 턱을 세게 박았다. 제대로 들어간 공격에 자헌이 비틀거렸고, 경호원이 반격에 나섰다. 경호원의 일방적인 주먹질에 자헌이 두 팔을 들어 급소를 막았지만 역부족이었다. 자헌을 돕기 위해 윤서가 바닥에 구르고 있는 소화기에 손을 댄 순간, 세미가 달려들었다.

"이거 놔!"

"절대 못 놔! 너야말로 물러서!"

소화기를 사이에 두고 두 여자가 힘을 겨뤘다. 같은 성별, 비슷한 나이에 비슷한 체격이라 누구 한 명이 우위를 점하기 어려웠다. 윤서는 손톱을 바짝 세워 세미의 손등을 할퀴었다.

"아야!"

손등을 파고든 날카로운 고통에 세미가 소화기에서

손을 뗐다. 어찌나 세게 긁었는지, 손등에서 핏방울이 퐁퐁 솟아올랐다. 윤서가 소화기를 품에 끌어안고 의기 양양한 표정으로 세미를 쳐다봤다. 세미는 윤서를 바라 보며 묘한 미소를 지었다. 정확히 말하자면 윤서의 뒤를 쳐다보고 있었다. 불안함을 느낀 윤서가 뒤를 돌아보기 도 전에 머리채를 잡혀 벽으로 던져졌다. 경호원이 윤서 를 내려다보고 있었다.

"이 여자, 보통이 아니네요."

벽에 머리를 박고 주저앉은 윤서의 눈에, 정신을 잃고 쓰러진 자헌이 보였다. 상황이 윤서에게 불리하게 흘러 갔다. 이제 2 대 1이었다.

퍽! 경호원이 윤서의 머리를 걷어찼다.

"악!!"

윤서의 몸이 바닥을 굴렀다. 두개골이 울리는 고통에 윤서는 헛구역질했다. 경호원은 숨 돌릴 틈도 주지 않고 구둣발로 지르밟기 시작했다.

"사, 살려주세요! 아악, 아파요!"

복도에 윤서의 비명이 울려 퍼졌다. 몸 위로 쏟아지는 발길질에 뼈마디가 부러질 것같이 아팠다. 이제 끝이다. 윤서는 포기했다. 아무리 노력해도 이곳을 빠져나갈 수 없다.

"시발! 꺼져, 이 새끼들아!"

그때, 신우가 소리치며 달려들었다. 그는 허공을 향해 마구잡이로 주먹을 휘둘렀다. 앞이 보이지 않으니 제대로 된 공격이 들어갈 리 없었다. 경호원은 신우를 비웃었다.

"너 뭐하냐?"

경호원이 신우의 머리를 잡아 벽에 박았다. 퍽, 퍽, 퍽! 벽에 머리를 찧을 때마다 붉은 피가 묻었다. 경호원이 손아귀에 쥐고 있던 신우의 머리를 놓자 바닥으로 쓰러졌다.

윤서는 체념하며 눈을 감았다. 다시 병실에 끌려갈 것이다. 윤서는 자헌에게 너무 미안했다. 자신이 도망칠 수 있도록 도와줬으니 화를 피하지 못할 것이다. 이러나저러나 죽을 운명이었던 윤서와 달리 자헌에게 불똥이 튀었다. 괜한 짓을 했다. 윤서는 조용히 눈물을 흘렸다.

세미는 쭈그려 앉아 윤서를 살폈다.

"너 울어? 아프지? 그러게 왜 까불었어."

세미가 빈정거렸다. 눈을 반짝이며 맞서 싸우던 윤서의 눈에 절망이 깃들었다. 세미는 손등에 난 생채기를 보며 윤서의 몰골을 비웃었다. 마음 같아서는 더 혼내주고 싶지만 상품성이 떨어질까 봐 참았다. 세미가 나서지 않아도 운화병원에 잡혀온 이상 뼛조각 하나 남기지 못하고 죽을 사람이었다.

"컥!"

위에서 들리는 경호원의 고통 어린 신음에 세미가 고개를 들었다. 푸욱, 푸욱. 날카로운 것으로 무언가를 쑤시는 소리가 들렸다. 경호원의 하얀 셔츠가 붉게 물들어 갔다. 거구의 몸이 쓰러지자, 그 뒤로 메스를 들고 있는 민호가 보였다.

"서, 선생님?"

생각지도 못한 인물의 등장에 세미가 깜짝 놀라 엉덩방아를 찧었다. 천천히 다가오는 민호를 피하지 못하고 두려움에 가득 찬 눈으로 올려다보았다. 민호가 들고 있는 메스를 타고 피가 흘렀다. 그 모습을 본 세미는 무슨 일인지 모르지만 무작정 빌었다.

"저예요. 유 간호사. 선생님 저 아시잖아요?"

세미가 바닥에 몸을 납작 엎드려 호소했다. 그가 아는 민호는 조용하고 예의 바른 남자였다. 그런 사람이 메스로 사람을 찔러 죽이다니, 믿을 수 없었다. 비릿한

피 냄새가 코를 찔렀다. 바닥을 내려다보고 있던 세미가 고개를 들자, 코앞에 쭈그려 앉은 민호와 눈이 마주쳤다. 명백한 살의에 세미의 몸이 경기하듯 떨렸다.

"제발, 선생님…"

민호가 가차 없이 세미의 목을 칼로 그었다.

"컥, 커억…"

경동맥이 잘린 세미가 숨을 가쁘게 내쉬었다. 민호가 검지로 세미의 이마를 밀자, 그대로 몸이 뒤로 넘어갔다. 바닥에 흩뿌려진 피를 본 민호는 느릿하게 몸을 일으켜 윤서에게 다가갔다. 윤서는 반항할 의지도 남아있지 않았다. 어차피 이렇게 죽을 운명이었던 거다. 다친 발목은 시큰거렸고 몸 마디마디가 아팠다. 윤서가 체념하며 눈을 감았다.

"정신 차려!"

날카로운 목소리에 윤서가 눈을 번쩍 떴다. 자헌이 메스를 쥔 민호의 손을 잡고 막아섰다.

"빨리 도망가!"

자헌의 목소리가 윤서의 의지를 깨웠다. 손 하나 까딱할 힘도 없었지만 윤서는 이를 악물고 몸을 일으켜 세웠다. 퉁퉁 부어오른 왼쪽 발목은 땅을 디디면 찌릿했다. 살고싶다는 생각 하나로 발을 질질 끌고 갔다. 간신히 엘리베이터 앞에 도착한 윤서가 외부 버튼 아래 출입카드를 대자 문이 열렸다. 엘리베이터에 탄 윤서는 민호를 막아선 자헌과 눈이 마주쳤다.

"꼭 구하러 올게요!"

윤서가 자헌을 보며 소리쳤다. 그때까지 제발 자헌이 무사하길 기도하며 닫힘 버튼을 힘 있게 눌렀다. 윤서의 손목에 찬 묵주 팔찌가 빛났다.

10 일촉즉발

"좋은 말 할 때 내 집에서 나가요. 그럼 아무 일도 없었던 걸로 해드릴게요."

혜영은 침착한 목소리로 태웅을 설득했다. 태웅이 이대로 집에서 나가준다면 조용히 넘어갈 생각이었다. 신고해도 솜방망이 처벌을 받을 게 뻔했고 도리어 보복당할 가능성이 농후했다.

"싫은데?"

태웅이 혜영을 보며 입맛을 다셨다. 예쁘게 입고 왔는데 이렇게 물러설 수 없었다. 그의 진짜 즐거움은 이제 시작이었다.

"어차피 언니도 혼자라면서. 외로운 사람끼리 놀자는 건데 왜 그래."

태웅이 욕정으로 그득한 눈으로 혜영을 훑으며 달려들었다. 혜영은 가까운 침실로 도망쳐 들어가 문을 걸어 잠갔다.

"문 안 열어?"

태웅이 문을 걷어찼다. 문을 등지고 선 혜영의 몸이 움찔했다. 이런 일이 자신에게 일어날 줄은 꿈에도 몰랐다. 보통 이러한 경우에 처하면 경찰을 부르겠지만, 혜영은 그럴 수 없었다. 경찰의 도움 없이 변태를 내쫓아야 했다.

쾅! 문이 부서지는 소리가 났다. 다시 한번 쾅! 하는 소리와 함께 문고리가 덜컹거렸다. 혜영은 그제야 태웅이 무슨 짓을 하는지 깨달았다. 문고리를 고장 내 문을 열 속셈이었다. 얼굴이 하얗게 질린 혜영은 화장대와 협탁을 끌고 와 문 앞을 막았다.

"나랑 숨바꼭질하자는 거야? 꼭꼭 숨어라~ 머리카락 보일라~"

태웅은 경쾌한 음에 맞춰 망치로 문고리를 내려쳤다. 쾅, 쾅, 쾅. 망치질 소리를 따라 혜영의 심장도 세차게 뛰었다. 문고리가 떨어져 나가자 태웅이 힘껏 문을 밀었다. 문 앞에 세워둔 화장대와 협탁이 밀리기 시작했다. 혜영이 몸으로 막아섰으나 남자의 힘을 이길 수 없었다. 화장대가 넘어지며 혜영의 몸이 크게 휘청였다. 태웅이 기를 쓰고 힘을 주자, 문이 활짝 열렸다. 바닥에 쓰러진 혜영을 보며 태웅이 징그러운 미소를 지었다.

"그러게 뭐하러 힘을 빼."

태웅은 혜영의 머리채를 잡아 침대로 던졌다. 혜영은 머리카락을 잡아당기는 힘에 두피가 찢어질 것 같은 고통을 느꼈다.

"아악!"

침대 위로 던져진 혜영의 몸 위로 태웅이 올라탔다. 옆구리에 닿는 기분 나쁜 체온에 혜영이 버둥거렸다. 태웅의 몸은 꼼짝도 하지 않았다. 혜영은 손톱을 세워 그의 눈을 찔렀다.

"씨발!"

태웅이 몸을 뒤로 물리며 손으로 눈을 감쌌다. 기회를 잡은 혜영이 서투르게 주먹을 휘둘렀다. 태웅은 몸의 중심을 잡지 못하고 뒤로 벌러덩 넘어졌다. 혜영이 몸을 일으켜 발길질했다.

"변태 새끼! 누구 집에 와서 행패야? 할 일 없으면 집에서 잠이나 처 잘 것이지!"

혜영이 온힘을 실어 태웅의 몸을 내리찍었다. 태웅의 행동으로 보아, 피해자가 여러 명일 게 뻔했다. 안 쓰는 물건을 팔아서 용돈벌이나 해보려는 여자들에게 파렴치한 짓을 한 쓰레기에게 응징하고 싶었다.

"이 새끼가 진짜…"

속수무책으로 맞고만 있던 태웅이 혜영의 발을 잡아당겼다. 여자와 남자, 당연히 힘의 차이가 컸다. 발을 잡힌 혜영의 몸이 붕 떴다. 떨어지며 침대헤드에 머리를 박자 눈앞에 별이 번쩍였다. 태웅의 역공이 시작됐다.

"귀여워해 준다는데 왜 이렇게 까불어?"

태웅의 큰 손이 혜영의 목을 졸랐다. 목뼈를 부러트릴 듯이 졸라오는 악력에 혜영은 괴로운 신음을 흘렸다. 태웅의 손가락을 떼기 위해 안간힘을 써도 꼼짝도 하지 않았다.

"커억, 컥!!"

혜영은 침대 머리맡을 더듬었다. 손에 인테리어 자명종이 잡혔다. 혜영은 그대로 자명종을 들어 태웅의 머리를 내려쳤다.

"윽!"

머리를 가격당한 태웅이 두 손을 들어 머리를 감쌌다. 혜영은 자신의 몸 위에 앉은 그를 밀치고 도망쳤다. 남자를 이기기 위해선 무기가 필요했다. 현관문 앞, 쌓인 쓰레기봉투 옆에 떨어진 망치를 잡으려는 순간 강한 악력이 머리카락을 잡아당겼다. 두피가 뜯기는 고통과 함께 쓰레기 더미 속으로 넘어졌다. 고개가 뒤로 꺾인 혜영은 태웅과 눈이 마주쳤다.

"끈질긴 새끼…"

"누가 할 말을 하고 있어? 넌 오늘 내 손에 죽을 줄 알아."

태웅은 화가 많이 났다. 그는 혜영의 긴 머리카락을 이용해 목을 졸랐다. 머리카락이 목을 파고들어 숨통을 졸랐다. 혜영은 필사적으로 주위를 더듬었다. 무기가 필요했으나 손에 닿는 건 쓰레기봉투뿐이었다. 표면이 매끈한 쓰레기봉투는 쉽게 손에 잡히지 않았다. 혜영은 손톱을 세워 쓰레기봉투를 쥐었다. 손톱이 봉투를 뚫고 들어갔다. 혜영은 남은 힘을 끌어모아 태웅의 얼굴을 향해 쓰레기봉투를 집어 던졌다.

* * *

윤서는 뒤도 돌아보지 않고 정신없이 뛰었다. 절뚝거
리는 다리를 끌고 달리는 건 쉽지 않았지만, 멈출 수 없
었다. 무작정 달리던 그의 눈에 경찰서가 들어왔다. 등
잔 밑이 어둡다고 운화병원과 가까운 곳에 경찰서가 있
었다. 윤서는 곧바로 경찰서 문을 열고 뛰어 들어갔다.

"헉, 헉… 도와, 도와주세요!"

윤서가 가쁜 숨을 내쉬며 도움을 요청했다. 경찰서
출입문 가장 가까운 자리에 앉아있던 임준일 경위가 고
개를 들었다. 타원형 테이블에 앉아 신문을 보던 박상욱
경감도 안경을 치켜올리며 그를 쳐다봤다. 운화병원 환
자복을 입은 윤서의 등장에 잠시 정적이 흘렀다.

"저, 저 좀 도와주세요. 제가, 병, 병원에 감금당했어
요."

윤서는 자신이 운화병원에서 겪은 일을 모두 털어놓
고 싶었다. 어디서부터 이야기를 시작해야 할지 머릿속
이 복잡했다. 준일이 부드러운 미소를 지으며 자리에서
일어났다.

"우선 진정하시고요. 접견실에서 차분하게 이야기를

나눌까요?"

느긋한 준일의 태도에 윤서는 조급해졌다.

"여기서 조서 접수하는 거 아니에요? 아주 급한 일이에요."

"접견실에서 조서 접수하면 돼요. 지금 많이 불안해 보이셔서 조용한 곳에서 편하게 이야기를 들어보려고 하는 거예요."

준일의 말에 윤서는 흥분을 가라앉혔다. 냉정하고 이성적으로 사건을 설명해야 했다. 민호와 싸우고 있는 자헌이 떠올라 마음이 급했다. 윤서는 준일을 재촉했다.

"빨리 접수해주세요. 바로 출동하셔야 하거든요."

"네. 저를 따라오세요."

윤서는 준일을 따라 접견실로 들어갔다. 소파에 앉은 윤서에게 준일이 물었다.

"커피나 차 마시겠어요?"

경찰을 만나 안심해서일까. 윤서는 극심한 갈증이 느껴졌다. 목이 칼칼하고 입에 침이 말랐다. 커피나 차를 마시기보단 시원한 물을 마시고 싶었다.

"생수로 부탁드릴게요."

준일이 고개를 끄덕이고 접견실을 나가자, 혼자 남겨

진 윤서는 주위를 살펴보았다. 천장 모서리에 달린 CCTV가 작동 중이었다. 잠시 후 문이 열리고 준일이 쟁반에 종이컵을 받쳐서 가져왔다. 맞은편 소파에 앉은 준일이 생수가 담긴 종이컵을 윤서에게 건넸다.

"여기 물이에요."

윤서는 종이컵에 입술을 댄 후 테이블 위에 내려뒀다. 그는 비장한 표정으로 입을 열었다.

"제가 중고 거래를 하다가 납치를 당했는데요. 정신을 차려보니 불법 장기이식 병원이었어요. 저 말고도 납치된 사람들이 더 있고, 지금 그 안에서…"

윤서가 사건을 설명하는 동안 준일은 가만히 듣고 있었다. 조서를 작성하기 위한 노트북이나 수첩은 보이지 않았다. 수상함을 느낀 윤서가 되물었다.

"그런데… 안 적으세요?"

"네? 하하. 적을 필요가 있을까요?"

"…그게 무슨 말씀이에요?"

준일이 의미심장하게 물었다.

"안 졸려요?"

"…네?"

준일이 윤서의 앞에 놓인 종이컵을 쳐다봤다. 그의

시선을 따라 윤서도 종이컵에 시선이 머물렀다.

"설마… 약 넣었어요?"

준일은 아무 말도 하지 않고 미소 지었다. 윤서의 눈 깜빡임이 느려졌다. 곧 그의 몸이 소파 위로 쓰러지며 종이컵을 툭 쳤다. 컵 안이 담겼던 물이 테이블 위로 쏟아졌다. 준일은 소파에 쓰러진 윤서를 둘러업고 접견실을 나섰다.

접견실 문이 열리자, 신문을 보던 상욱이 고개를 들었다. 잠에 빠진 윤서를 보곤 흡족한 미소를 지었다.

"약발이 잘 들었군. 그 여자도 딱하네. 운화병원에서 도망쳐 온 곳이 우리 경찰서라니."

운화병원과 홍성 경찰서는 공생 관계였다. 홍성 경찰서는 운화병원이 건네는 돈을 받고 뒤를 봐줬다. 그 안에서 무슨 일이 일어나는지 알면서도 덮어준 것이다. 운화병원 골목에 설치된 CCTV를 철거했고, 병원 지하주차장에서 시끄러운 소리가 들린다는 민원은 자체 종결 처리했다. 운화병원 VIP 목록에 경찰청장과 고위급 간부가 있다는 걸 알고 마음 편히 뒷돈을 받았다. 다 한통속이니 무서울 게 없었다.

준일은 윤서를 고쳐 업으며 얼굴을 확인했다. 엉망이

된 윤서의 얼굴은 운화병원에서 도망쳐 나오기까지 얼마나 힘들었는지 짐작하게 했다. 준일은 혀를 찼다.

"감시가 얼마나 허술했으면 이렇게 약해보이는 여자가 도망쳐 나왔을까요. 데려다주는 김에 철저하게 관리하라고 이야기해 주고 오겠습니다."

"수고해, 임 경위."

준일은 윤서를 데리고 경찰서를 빠져나왔다. 주차된 경찰차 뒷문을 열고, 윤서를 눕혔다. 준일은 굽혔던 허리를 펴며 주머니에서 담배를 꺼내 입에 물었다. 차 문을 닫으려고 하는 순간, 윤서가 눈을 번쩍 뜨더니 있는 힘껏 문을 걷어찼다. 문에 몸을 부딪힌 준일이 바닥으로 나뒹굴었다. 윤서가 차 안에서 튀어나왔다. 발목을 다쳐 절뚝거렸지만, 속도를 늦추지 않았다.

"씨발!"

바닥에 쓰러진 준일이 도망치는 윤서를 보며 욕을 내뱉었다. 그는 벨트에 찬 무전기를 꺼내 들었다.

"운화병원 여자, 도망쳤습니다. 지원 바랍니다."

무전기를 다시 집어넣은 준일이 눈을 매섭게 떴다.

줍고 냄새나는 골목에 숨은 윤서는 숨을 헐떡였다. 윤서는 준일이 건넨 물을 마시지 않았다. 왜냐하면 내부에 CCTV 촬영 안내가 없었기 때문이다. 공공장소에 CCTV를 설치하면 언제, 어디를, 어떤 목적으로 녹화하고 있는지 표시해야 한다. 여자의 육감이 발동했다. 그래서 종이컵에 입만 대고 내려뒀다. 준일의 졸리지 않냐는 질문에 물을 마신 척, 소파에 쓰러졌다. 호시탐탐 기회를 노리다가 경찰차에 태우는 순간 도망친 것이다.

윤서는 주위를 살피며 골목에서 나왔다. 경찰도 믿을 수 없으니 혼자 움직여야 했다. 우선 핸드폰을 빌려 전화를 하려고 마음먹었다.

"저 핸드폰 좀…"

윤서의 말이 끝나기도 전에, 행인이 피하듯 빠른 걸음으로 지나쳐갔다. 그렇게 몇 번을 외면당한 윤서는 통유리창에 비춘 자신의 모습을 확인했다. 멍들고 생채기 난 얼굴과 헝클어진 머리카락, 병원 입원복을 입은 맨발의 여자. 누가 봐도 미친 여자의 모습이었다. 사람들은 혹여 윤서와 눈이라도 마주칠까 멀찍이 돌아갔다.

"제발… 저 좀 도와주세요!"

발을 동동 구르며 도움을 요청하는 윤서에게 중년 여

성이 다가왔다.

"아가씨, 무슨 일 있어요?"

인상이 좋은 중년 여성은 걱정스러운 얼굴로 윤서를 바라보았다. 윤서는 울먹거리며 부탁했다.

"전화 한 통만 쓰게 해주세요. 제발요…"

"알겠어요. 울지 말고… 여기요."

중년 여성은 흔쾌히 핸드폰을 내밀었다. 핸드폰을 받아 든 윤서는 곧바로 11개의 숫자를 입력했다. 통화 연결음 소리가 들리고, 초조한 마음으로 기다렸다. 제발 전화를 받기를. 그러나 전화번호의 주인은 끝내 전화를 받지 않았다.

전원이 꺼져있어 삐 소리 후 소리샘으로 연결되오며…

기계 안내음이 들리자 윤서는 전화를 끊었다. 다시 전화를 걸려고 하는데, 핸드폰 액정에 긴급 문자메시지가 떴다.

홍성동 실종자를 찾습니다. 20대 여성, 마른 체격, 운화 병원 입원복 착용. 해당 사람을 본 사람은 신고 부탁드립니

다. -홍성 경찰서

문자메시지를 본 윤서의 표정이 차갑게 굳었다. 윤서의 외모를 묘사한 실종 수배 문자에 몸이 덜덜 떨렸다. 이대로 있다간 운화병원 관계자가 아니라 경찰 손에 잡히고 말 것이다. 윤서는 핸드폰을 중년 여성에게 건넸다.

"감사합니다. 제가 가족과 통화가 되지 않아서 그러는데… 죄송하지만 차비 좀 빌려주실 수 있을까요?"

윤서의 부탁에 그가 고개를 끄덕였다.

"감사합니다. 계좌 알려주시면 제가 갚을게요."

"아니에요. 우리 딸과 비슷한 나이 같은데… 무슨 일인지 몰라도 잘 해결되면 좋겠네요."

"감사합니다. 정말 감사합니다."

중년 여성은 지갑에서 오만원을 꺼내주었다. 윤서는 몇 번이나 고개를 크게 숙여 감사를 표했다. 이제 믿을 건 자신뿐이었다. 퉁퉁 부어오른 발목이 찌릿찌릿해 더 이상 뛸 수 없었다. 길 건너 택시 정류장을 발견하고 가려는데 바로 앞에 빈 택시가 멈춰 섰다. 윤서는 뒷자리에 타며 소리쳤다.

"홍성동 네이빌 오피스텔로 가주세요. 빨리요!"

11 서열 정리

혜영이 있는 힘껏 던진 쓰레기봉투는 태웅의 얼굴에
적중했다. 목이 졸린 혜영은 산소 부족으로 시야가 흐릿
하게 보였다.

"이 새끼가!"

태웅이 손을 들어 얼굴을 감쌌다. 혜영은 목을 조르
던 악력이 사라지자, 숨을 크게 들이마셨다.

"허억, 허억…"

혜영이 태웅을 향해 주먹을 휘둘렀다. 체력을 모두
소진한 뒤라 주먹에 힘이 실리지 않았다. 태웅은 혜영의
두 손을 잡아채 위로 올렸다.

"쓸데없는 짓하지 말라고 했지?"

태웅은 여유롭게 혜영을 제압했다. 제아무리 죽을 힘을 다해 맞서싸운다고 해도 여자는 여자였다. 남자의 체력과 지구력을 뛰어넘을 수 없었다. 이제 독 안에 든 쥐다. 태웅은 혜영의 두 손을 묶기 위해 주위를 살폈다. 그의 시선이 찢어진 쓰레기봉투에 닿았다. 쓰레기 중에 끈 대신 사용할 물건이 있나 살펴보려고 했다.

"뭐, 뭐야?"

태웅은 눈을 의심했다. 찢어진 쓰레기봉투 사이로 튀어나온 사람의 손가락이 보였다. 잘못 본 거겠지, 그는 홀린 듯 쓰레기봉투로 다가갔다.

"으, 으악!"

태웅의 몸이 크게 뒤로 넘어졌다. 사람의 손가락이 맞았다. 쓰레기봉투 표면으로 손목과 팔뚝의 윤곽이 선명히 보였다. 태웅은 그제야 깨달았다. 혜영의 집에 들어왔을 때 맡은 불쾌한 악취의 정체를. 테이프로 꽁꽁 감싸고 쓰레기봉투에 넣어 밀봉해도 지울 수 없던 냄새. 바로 시체 냄새였다.

"우욱, 우웩!"

태웅은 헛구역질하기 시작했다. 먹은 게 없어 투명한

위액만 토해냈다. 그동안 성추행, 성폭행, 음주운전, 특수폭행 등으로 감옥을 들락날락했지만 시체를 보는 건 처음이었다. 게다가 토막 난 시체라니.

바닥에 쓰러져있던 혜영은 조용히 눈물을 흘렸다. 집에 변태가 들어와도 경찰에 신고하지 못한 이유, 집 밖으로 도망치지 못한 이유였다. 주원을 죽일 생각은 없었다. 집에서 나가려고 하는 주원을 붙잡다가 일어난 사고였다. 혜영의 손을 뿌리치다가 제 발에 걸려 러닝머신에 머리를 박고 쓰러졌다. 바닥에 쓰러진 주원에게 쇼를 하지 말라고 악다구니를 썼다. 얼른 안 일어나고 뭐하냐, 이런다고 내가 놀랄 줄 아냐, 헤어질 거면 내가 해준 거 다 토해내라, 머릿속에 떠오르는 말을 닥치는 대로 내뱉었다. 한동안 떠들었지만 주원은 꼼짝도 하지 않았다. 그제야 혜영은 주원의 상태를 확인했다. 정신을 차리라고 뺨을 가볍게 쳐도 반응이 없었다. 주원의 코 밑에 검지를 댔다. 숨결이 느껴지지 않았다. 말도 안 되는 일이다. 주원의 상의를 벗겨 심장에 손을 올렸다. 피부 아래 뛰어야 할 심장 박동이 느껴지지 않았다. 혜영이 급하게 심폐소생술을 했으나 이미 늦은 후였다.

혜영은 패닉에 빠졌다. 우발적이라고 해도 다투다가

사람이 죽었고, 처벌을 피할 수 없을 것이다. 잘 나가는 대기업 커리어우먼에서, 남자친구를 살해한 범죄자가 되는 것이다. 큰 충격에 제대로 된 사고를 하지 못했다. 악마에게 홀린 게 분명했다. 시체를 숨겨 들키지 않으면 된다는 생각이 들었다. 부피를 줄이기 위해 사랑했던 남자를 토막을 내 쓰레기봉투에 담았다. 혜영은 그제야 자신이 저지른 죄의 무게를 느꼈다.

"미, 미친, 미친년!!"

태웅은 끝없이 욕을 뱉었다. 끓어올랐던 성욕도 차갑게 식었다. 성폭행하러 들어온 집의 주인이 살인마일 줄이야. 빨리 신고해야 했다. 태웅은 이미 범죄 경력이 있어서 이번 일까지 걸린다면 가중처벌 받겠지만, 살인마를 보고도 못 본 척할 순 없었다. 그는 경찰에 신고당한 적은 있어도 신고하는 날이 올 줄은 꿈에도 몰랐다. 태웅은 거실 바닥에 떨어진 자신의 핸드백을 주웠다.

"넌 이제 콩밥 먹을 줄 알아. 살인을 해? 정신 나간 새끼."

태웅은 핸드백 속에 손을 넣어 뒤졌다. 핸드백에는 립스틱, 트위저 족집게, 네일니퍼 등 다양한 용품이 있었다. 핸드폰을 찾으려고 하는데 손에 잡히지 않았다.

핸드백 안을 들여다보는데 초인종이 울렸다. 태웅이 고개를 들어 현관문을 쳐다봤다.

"그래, 차라리 도와줄 사람 한 명 더 있는 게 낫겠지."

어차피 경찰을 부를 생각이었다. 여기에 목격자가 한 명 더 생긴다고 달라질 게 없었다. 살인마, 그리고 시체와 같은 공간에 있으려니 무섭기도 했다. 태웅은 인터폰을 보지도 않고 현관문을 벌컥 열었다. 문 앞에 서 있는 사람은 도현이었다.

도현은 태웅의 뒤로 보이는 러닝머신을 확인했다. 인테리어와 물건 모두 사진과 일치했다. 이미 우편함의 우편물을 확인하고 올라와 혜영이 여기에 산다고 확신하고 있었다. 도현이 태웅을 밀치고 집 안으로 들어갔다. 삐빅. 그의 등 뒤로 도어락이 잠기는 소리가 들렸다. 도현은 천천히 집안을 살폈다. 방의 문고리는 부서졌고, 테이블 위 물건들은 바닥에 정신없이 떨어져 있었다. 그리고 바닥에 쓰러진 혜영이 보였다. SNS에서 보았던 그 얼굴이었다.

"…찾았다."

도현이 찾아 헤매던 바디바바디바 O형을 마주하는 순간이었다. 혜영은 그가 왜 집을 찾아왔는지 몰랐다.

문을 열어준 태웅도 상황이 파악되지 않았다. 그래서 먼저 입을 열었다.

"누구…세요?"

혜영을 바라보던 도현이 태웅에게 시선을 돌렸다. 도현은 태웅을 머리부터 발끝까지 훑어보았다. 티가 나는 통 가발과 부담스러울 정도로 화려한 메이크업, 몸에 딱 붙는 카디건과 치마.

"넌 뭐냐?"

도현은 정말 궁금했다. 뭐하는 놈이길래 옷을 이렇게 입었지? 남자도 치마를 입을 수 있지만, 스타일이 거북했다.

"내가 먼저 물었잖아. 이 미친 여자와 아는 사이야?"

도현의 반말에 태웅도 반말로 응수했다. 태웅의 적대심 가득한 말투를 들은 도현은 다른 건 몰라도 하나는 확실히 알아챘다.

"내 물건에 상처를 입힌 게 너야?"

물건? 태웅은 도현의 말을 이해하지 못했다. 집안 물건을 부순 것에 대한 이야기라면 중요한 건 그게 아니라고 알려줘야 했다. 태웅은 손가락으로 혜영을 가리키며 소리쳤다.

"이 여자, 살인마야!"

도현이 한쪽 눈썹을 올렸다. 잠시 말이 없던 그는 차분한 목소리로 되물었다.

"근데?"

전혀 놀라지 않은 도현을 본 태웅은 당황했다.

"내, 내가 거짓말하는 것처럼 보여? 저 쓰레기봉투를 보라고! 사람 손가락 안 보여?"

도현은 태웅의 손가락 끝이 가리키는 곳을 향해 고개를 돌렸다. 그의 말대로 찢긴 쓰레기봉투 사이로 사람의 손가락이 보였다. 토막 난 신체를 확인한 도현은 다시 고개를 돌려 태웅과 눈을 마주쳤다.

"사람 토막 낸 거 잘 봤어. 그럼 이제 내 질문에 답해. 저 여자를 다치게 한 게 너야?"

태웅이 눈을 깜빡였다. 살인 현장에서 이렇게 태연할 수 있다고? 그는 도현의 정체가 궁금했다. 추궁하는 말투에 태웅은 고개를 끄덕이며 대답했다.

"그, 그건 맞는데…"

순간, 태웅의 눈앞에 불이 번쩍였다. 강한 충격에 그의 몸이 뒤로 넘어졌다. 주륵, 코에서 흐른 피가 입술에 닿았다.

"누구 맘대로 내 물건을 건드려?"

도현이 어깨를 풀었다. 위압적인 그 모습에 태웅은 코피를 닦을 생각도 못했다. 엉덩이 걸음으로 뒤로 주춤주춤 물러나는데, 도현의 시선이 그의 하체에 고정됐다.

"역겹게 왜 속옷을 안 입고 지랄이야?"

말려 올라간 치마 밑으로 훤히 보이는 태웅의 성기에 도현은 불쾌한 표정을 지었다. 속옷을 입지 않은 남자, 그리고 어질러진 집, 만신창이가 된 여자. 도현은 태웅이 왜 이곳에 있는지 알아챘다.

"너… 성폭행하려고 했구나?"

도현의 눈이 형형하게 빛났다. 자신의 목표물을 건든 이상 살려둘 생각은 없었지만, 성폭행범이라면 '평범하게' 죽일 수 없었다. 도현의 눈에 태웅의 양말이 들어왔다. 발목 위까지 올라오는 하얀 양말이었다. 도현은 바로 앞에 쭈그려 앉아 양말을 벗겼다.

"뭐, 뭐하는 짓,"

태웅의 말보다 도현의 손이 빨랐다. 도현은 태웅의 입을 우악스럽게 벌려 양말을 쑤셔 넣었다. 도톰한 양말 두 개를 넣으니 입안이 가득 찼다. 이제 소리를 지를 수 없다. 도현은 시험 삼아 태웅의 코뼈를 주먹으로 내려쳤다. 우득, 뼈가 주저앉는 소리와 코피가 터져 나왔다.

"크, 커커…"

입 안에 가득 찬 양말 때문에 태웅은 소리를 지를 수 없었다. 코뼈가 부러지면서 쏟아지는 피 때문에 호흡곤란이 왔다. 입에 문 양말이 새빨갛게 물들었다. 도현이 주위를 살폈다. 어떤 걸로 괴롭혀줄까. 그의 눈에 태웅의 핸드백이 들어왔다. 핸드백을 입구를 열고 뒤집어 흔들었다. 안에 있던 화장품이 와르르 바닥으로 쏟아졌다.

도현은 핸드백 속 물건을 하나하나 살폈다. 처음 그의 눈을 사로잡은 건 네일 니퍼였다. 공구통에서 볼 것 같은 기구를 신기한 눈으로 바라봤다.

"이건 어떻게 쓰는 거야?"

도현은 처음 본 이 물건의 사용법을 알고 싶었다. 고통에 몸부림치는 태웅에게 다가간 도현은 그의 손을 발로 지르밟았다. 발아래 깔린 손은 화려한 네일아트를 한 상태였다. 손톱에는 귀여운 고양이 파츠가 붙어있었다. 고양이를 좋아하는 도현의 눈이 반짝였다.

"너 손톱에 아주 귀여운 걸 붙였네. 하나 가져가도 되지?"

도현이 네일니퍼 사이에 태웅의 검지 손톱을 고정했

다. 뿌드득! 소름 끼치는 소리와 함께 손톱이 뽑혔다.

"크, 커억…"

극심한 고통에 태웅의 고개가 뒤로 꺾었다. 도현은 니퍼를 들어 뽑은 손톱을 구경했다. 검은 줄무늬가 그려진 고양이 파츠였다. 도현은 태웅의 손을 유심히 봤다.

"치즈태비 고양이가 더 귀엽잖아?"

태웅의 중지 손톱에 올라간 치즈태비 고양이 파츠를 본 도현이 미소 지었다. 네일 니퍼로 중지 손톱을 잡고 세게 뽑았다. 손톱이 반만 뽑히자 다시 힘을 줘 완전히 분리했다. 뽑힌 손톱을 구경하던 도현은 이내 흥미가 떨어져 손톱을 바닥에 던졌다.

"다시 보니까 별로네. 이건 손톱에 붙어있어야 귀엽구나."

도현은 다시 태웅의 핸드백에서 쏟아진 물건을 구경했다. 그는 끝이 아주 뾰족한 트위저 족집게를 들어 올렸다. 인그로운 헤어를 뽑을 때 사용하는 기구였다.

"야, 이건 뭐야?"

도현은 트위저 족집게를 쥐고 태웅의 허벅지를 찔렀다. 뚫린 피부에선 피가 퐁퐁 솟아올랐다.

"으…욱…"

고통 찬 태웅의 목소리는 양말에 막혀 나오지 않았다. 도현은 재차 허벅지를 찔렀다. 마치 찰흙을 플라스틱 칼로 찌르는 것처럼 빠르게 손을 움직였다.

"이렇게 쓰는 거야?"

짧은 시간에 허벅지를 난도질당한 태웅이 숨을 헐떡였다. 도현은 헤진 허벅지살을 쳐다봤다. 유혈이 낭자해 비릿한 피 냄새가 났다. 도현은 태웅의 눈을 쳐다봤다. 눈을 멀게 한 뒤에 천천히 괴롭히면 재미있겠다는 생각이 들었다. 도현은 태웅의 머리카락을 잡고 트위저 족집게로 눈을 조준했다.

"흐윽…흑…"

뒤에서 들리는 혜영의 울음소리에 도현의 손이 멈췄다. 그는 고개를 돌려 눈물을 흘리는 혜영을 쳐다봤다. 그리곤 이해가 되지 않는다는 목소리로 물었다.

"왜 울어? 너한테 나쁜 짓 하려고 한 사람이잖아. 내가 복수해 주니까 고마워해야지."

혜영은 고개를 좌우로 저었다. 태웅이 나쁜 놈은 맞지만, 이렇게 눈앞에서 고문당하는 모습을 보고 싶지 않았다. 일면식도 없는 두 남자가 왜 자신의 집에서 이러고 있는지 혼란스러웠다.

"누구세요… 도대체 왜 이러시는 건데요…"

"나? 러닝머신 구매한다고 한 사람."

도현의 말에 혜영의 눈이 커졌다. 〈지금거래〉에서 나은공주보다 먼저 러닝머신을 사겠다고 연락한 사람이 떠올랐다. 집주소를 알려주지도 않았는데 어떻게 찾아온 건지 의아했다. 세상에 단 하나뿐인 러닝머신도 아니고, 메시지에 답장하지 않았는데 집주소를 알아내 찾아온 게 이해되지 않았다.

"어떻게 여기까지…"

"다 아는 방법이 있지. 근데 쓰레기봉투 속 시체는 누구 작품이야? 네가 그랬어?"

혜영은 입을 꾹 다물었다. 도현이 흥미로운 목소리로 말했다.

"오늘 되게 재미있는 일이 많네. 물건 가지러 왔더니 성폭행범이 있지 않나, 토막난 사람의 신체를 보질 않나."

"…목적이 뭐예요?"

혜영이 물었다. 진짜 러닝머신을 사러 온 사람이라면, 이런 짓을 할 리가 없다. 시체를 보고 혼비백산해서 도망치는 게 일반적인 반응이다. 혜영은 도현이 자신의 집을 찾아온 이유가 궁금했다.

"러닝머신 말고, 네가 필요해."

혜영이 얼빠진 얼굴로 도현을 올려다봤다.

"정확히 말하자면, 네 피가 필요해. 너 아주 귀한 피를 가지고 있더라. 바디바바디바 O형. 난 이런 혈액형이 있는 줄도 몰랐어. 귀하신 분이 네 피로 수술 좀 하겠대. 네 몸에 주사바늘을 꽂아서 피를 뽑아낼 거야. 수혈팩처럼 쓸 거거든."

도현의 상세한 설명에 혜영이 경악했다. 자신을 죽이겠다는 이야기였다. 혜영은 머리가 지끈했다. 하루만에 너무 많은 일이 일어났다. 주원이 죽고, 중고 물건을 팔려고 했더니 집에 여장 변태가 와서 성폭행하려고 달려들더니, 이제 자신의 피를 가져가겠다는 놈까지 집에 들이닥쳤다.

"그러니까 조용히,"

도현이 말을 하다가 멈췄다. 옆구리에서 후끈한 통증이 밀려왔기 때문이다. 고개를 내리자 옆구리에 박힌 칼이 보였다. 칼을 쥔 손의 주인은 태웅이었다. 그는 칼을 뽑아 다시 한 번 옆구리에 깊게 찔러넣었다. 도현은 태웅의 손목을 꺾었다.

"으…으으…"

도현은 손에 쥐고 있던 트위저 족집게로 태웅의 목을 수차례 찔렀다. 바닥에 피웅덩이가 졌다. 태웅의 목에서 뿜어져 나온 피인지, 도현의 옆구리에서 흐른 피인지 알 수 없었다. 피 웅덩이 위로 태웅의 몸이 쓰러졌다. 도현의 옆구리 깊숙이 들어간 칼을 타고 피가 흘러내렸다. 다량의 피를 흘린 도현이 숨을 헐떡였다.

"시발…"

도현이 아랫입술을 꽉 깨물었다. 옆구리에 꽂힌 칼을 함부로 뽑았다간 과다출혈로 죽을 수 있었다. 그는 차분하게 생각했다. 혜영이 저항 불가능한 상태에 있더라도, 도현 역시 몸이 성치 않은데 차로 옮겨서 운화병원까지 운전하고 갈 수 있을까. 차라리 자헌이나 계춘을 불러 도와달라고 하는 게 좋은 선택일 수도 있다.

삐삐삐삐삐삐. 도어락 키패드를 누르는 소리에 도현과 혜영이 동시에 고개를 돌렸다. 문을 열고 들어온 사람은 둘 다 아는 사람이었다. 바로 혜영의 동생, 윤서였다. 윤서는 바닥에 쓰러진 혜영을 발견하곤 뛰어 들어왔다.

"언니!"

윤서가 혜영을 부축했다. 상체를 간신히 세운 혜영은 쉬지 않고 속삭였다.

"도망가… 윤서야, 도망가…빨리…"

"이 새끼들이 물건 관리를 어떻게 한 거야…"

도현의 목소리에 윤서가 고개를 들었다. 눈이 마주친 두 사람은 누가 먼저라고 할 것도 없이 서로를 알아봤다.

"여기는 어떻게 온 거지?"

도현은 기껏 운화병원에서 도망쳐서 온 곳이 혜영의 집이라는 게 이해되지 않았다. 윤서는 도현을 죽일 듯이 노려보며 소리쳤다.

"우리 언니한테 무슨 짓을 한 거야?!"

"너희 자매야?"

도현이 놀라서 되물었다. 자매가 나란히 자신의 타깃이 됐다는 게 신기했다. 평소라면 재미있는 해프닝 정도로 치부했겠지만, 지금은 달랐다. 도현은 옆구리에 꽂힌 칼을 내려다보았다. 얼마나 버틸 수 있을까. 두 여자가 힘을 모아 맞서싸운다면 도현이 불리했다. 상처만 입지 않았다면 두 여자를 제압하는 건 일도 아니었겠지만 지금은 승패를 점치기 어려웠다. 재수 없으면 역으로 당할 수 있다.

"언니, 우리 같이 도망가자. 저놈도 부상이 커서 우리를 따라오지 못할 거야."

"…아냐, 윤서야. 너 혼자 도망가."

혜영의 이해할 수 없는 말에 윤서가 반문했다.

"왜? 같이 가야지!"

"나… 사람을 죽였어."

"뭐?!"

혜영의 고백에 윤서가 깜짝 놀라 되물었다. 언니가 사람을 죽였다니, 믿을 수 없었다. 윤서에게 혜영은 세상에서 제일 멋지고 똑똑한 언니다. 겉으로 보기에는 차갑고 강해 보여도, 속은 여리고 따뜻한 사람이었다. 그런 혜영이 사람을 죽였다니, 말도 안 됐다.

"무, 무슨 말이야? 언니가 사람을 죽이다니?"

"…말한 대로야. 여기서 도망친다고 해도 경찰이 나를 체포하러 올 거야. 너는 아무런 잘못도 없으니까 도망쳐. 나는 죽어도 여기서 죽고, 살아도 여기서 살아."

혜영의 목소리가 떨리고, 눈에선 눈물이 줄줄 흘러내렸다. 사람을 죽이고 아무렇지 않을 리 없다. 무섭고, 두렵고, 자기혐오에 빠졌다. 차라리 주원이 쓰러졌을 때

바로 경찰에 신고했어야 했다. 너무 늦은 후회였다.

윤서는 여전히 혜영의 말을 믿을 수 없었다. 그러나 여기서 혼자서 도망칠 수 없었다. 윤서는 혜영의 손을 꼭 잡았다.

"솔직히 언니가 하는 말, 하나도 안 믿겨. 그렇지만 언니가 이곳에 있어야 한다면, 나도 여기서 언니를 도울 거야."

윤서를 납치한 도현은 혜영을 노리고 있다. 사랑하는 언니를 지키기 위해 윤서는 힘을 내야 했다. 다행인 점은, 도현이 큰 부상을 입었다는 것이었다. 옆구리에 칼이 찔린 채로 서 있는 모습이 위태로워 보였다. 윤서도 다리를 다쳤지만 피를 철철 흘리는 도현에 비할 바가 아니었다.

혜영을 바닥에 조심히 눕히고, 윤서가 일어섰다. 발이 땅에 닿자마자 퉁퉁 부어오른 발목에 전기라도 통한 것처럼 찌릿찌릿했다. 고통을 참아내며 윤서가 도현에게 달려들었다. 도현이 몸을 비틀어 피했고, 윤서는 몸의 균형을 잃었다.

"으악!"

윤서는 태웅의 몸 위로 넘어졌다. 눈을 부릅뜨고 죽

은 시체와 눈이 마주친 윤서는 비명을 질렀다. 몸을 일으켜 세우기 전, 도현의 발이 윤서의 뒤통수를 걷어찼다. 윤서의 얼굴이 바닥에 처박혔다.

"병원에 데려갈 수 없다면 죽이는 수밖에 없지."

도현이 트위저 족집게를 고쳐 쥐었다. 산 채로 병원에 데려가고 싶었지만 반항을 심하게 하는 윤서를 통제할 수 없었다. 둘 중 한 명만 선택해야 한다면 당연히 희귀혈액형인 혜영이었다. 도현은 윤서의 목덜미를 향해 손을 높게 들어 올렸다.

"윤서야!"

혜영이 도현의 옆구리에 박힌 칼을 뽑아내고, 다시 칼을 깊게 박았다. 칼을 뽑아 다시 찔러넣으려고 하자 도현이 혜영의 머리를 주먹으로 내리쳤다. 혜영이 바닥으로 처박히며 쥐고 있던 칼을 떨어트렸다. 칼은 도현의 손에 들어갔다.

"네가 희귀혈액형만 아니었으면 당장 죽였을 거야."

도현의 말에는 살기가 담겨있었다. 그는 바닥에 쓰러진 혜영을 짓밟았다.

"아악!"

발로 머리를 차인 혜영이 소리를 질렀다. 본능적으로

두 손으로 머리를 가렸다.

펵! 둔탁한 소리와 함께 도현이 쓰러졌다. 윤서는 손에 들린 상패로 도현의 머리를 내리찍었다. 펵! 펵! 쓰러진 도현의 머리를 내리치는 윤서의 손은 멈추지 않았다. 깜짝 놀란 혜영이 말렸다.

"아, 안 돼! 안 돼, 윤서야! 이러면 죽어!"

"이 정도로 사람 안 죽어!"

윤서는 확신에 찬 목소리로 외쳤다. 도현이 자신을 납치할 때, 전자레인지로 머리를 내리쳤다. 피를 흘렸지만, 그래도 이렇게 살아있다. 윤서는 상패로 머리를 얻어맞았다고 사람이 죽을 리 없다고 생각했다.

"아니야, 안 돼, 윤서야, 아니야, 아니야…"

혜영의 처절한 외침에 윤서의 손이 멈췄다. 도현은 미동도 하지 않았다. 불안한 적막감이 자매를 감쌌다. 혜영은 바닥을 기어 쓰러진 도현에게 다가가 그의 코밑에 검지를 댔다. 숨결이 느껴지지 않았다.

"흐윽…흑흑…"

죽었다. 주원처럼, 태웅도, 도현도 죽었다. 혜영은 눈물을 터트렸다. 윤서도 자신처럼 사람을 죽이고 말았다.

"어떡하니, 어떡하면 좋아, 윤서야…"

"지, 진짜로 죽었어?"

혜영이 고개를 끄덕이자, 다리에 힘이 풀린 윤서가 주저앉았다. 윤서는 이제 스무살, 앞길이 창창했다. 어차피 이렇게 된 거, 혜영은 혼자 모든 걸 안고 가기로 마음먹었다. 한 명만 희생하면 되는 일이었다.

"윤서야. 괜찮아. 언니가, 언니가 다 안고 갈게."

"뭐? 그게 무슨 말이야…"

"내가 다 죽인 거로 하면 돼. 여기서 나가. 어서!"

혜영이 윤서를 밀어내며 소리쳤다. 윤서를 보내고 경찰에 신고할 생각이었다. 그러자 윤서가 혜영을 끌어안고 울었다.

"내가 어떻게 언니를 두고 가…"

"내가 사람을 죽였다고 했지. 그거 주원이야."

"언니 남자친구?"

윤서가 믿을 수 없다는 듯이 되물었다. 혜영은 담담하게 고백했다.

"내 손을 뿌리치다가 넘어지면서 머리를 박고 죽었어. 그때 신고를 해야 했는데, 처벌을 받을 게 두려웠어. 그래서 시체를 유기하려고 했어. 주원에게 사준 물건을 중고 거래하려고 한 것뿐인데, 변태가 와서 성폭행하려고 했어. 그런데 갑자기 내 피를 가져가겠다는 놈이 오더니 변태를 죽였어. 그리고… 네가 온 거야. 둘 다 범죄자니까 일부 정상참작 될지도 몰라. 그러니까… 너는 가."

주원의 신체를 훼손하고 도현을 살해했다. 이유가 무엇이든 살인은 절대 용서받을 수 없는 죄다. 혜영은 이 모든 걸 혼자 지고 갈 생각이었다.

비정상적인 상황, 비정상적인 사람, 비정상적인 하루… 그래서였을까. 윤서도 비정상적인 사고를 했다. 둘 다 살 수 있는 방법이 떠오른 것이다.

"언니… 내가 생각한 방법이 하나 있는데…"

윤서와 혜영이 마주봤다. 아름다운 눈동자가 슬프게 빛났다.

12 죄의 무게

박상욱 경감은 까맣게 타버려 건축 뼈대만 남은 운화 병원을 바라보았다. 그는 두 달 전 일어난 화재 사고를 떠올렸다. 운화병원 지하에서 시작된 불씨는 건물 전체를 집어삼켰다. 화재를 진압하는데 꼬박 5시간이 걸렸다. 건물 구석구석 석유를 뿌리고 불을 지른 계획적인 방화라 진화하는데 어려움을 겪었다.

지하 엘리베이터 앞에서 4구, 수술실에서 3구, 총 7구의 시체가 발견됐다. 수술실에서 발견된 시체 중에는 영일그룹 회장도 있었다. 유가족은 그룹 회장이 불법 장기이식 수술을 받다가 화재로 사망했다고 할 수 없어 심장마비로 위장해 장례를 치렀다. 건물이 전소해 범죄 증거를 찾기 어려웠다. 차라리 잘된 일이었다. 광역수사대에 배정된 사건은 수사를 시작하기 전에 국정원으로 이관됐다. 국회의원, 대기업 회장, 유명 스포츠 스타, 톱 연예인까지 사건에 연루되어 있어 비밀스럽게 수사가 진행됐다. 두 달 후, 운화병원 사건은 단순 방화로 종결됐다. 깔끔한 마무리였다. 운화병원의 실체가 세상에 알려지면 떠들썩해질 것을 고려해 사건을 축소 은폐한 것이다. 서울의 한 병원에서 일어난 원인 모를 화재는, 그렇게 사람들의 기억에서 잊혀 갔다.

무엇보다 상욱은 도현이 죽어서 다행이라고 안심했다. 운화병원 방화 사건 후 2주가 지났을 때, 경찰서에 사건이 접수됐다. 노부부가 등산하다가 시체를 발견하고 신고한 것이다. 그들은 나무 열매를 따기 위해 펜스를 넘어 들어갔다가 낚시가방 세 개를 발견했다. 낚시가방 안에는 핫팩이 붙은 3구의 시체가 들어있었다. 폭염경보가 계속 발령되던 여름에 핫팩까지 있어 시체의 부패가 많이 진행된 상태였다. 신원을 확인하기 위해 DNA 검사를 실시해야 했다.

현장에서 발견된 소지품 중에는 송도현의 신분증이

있었다. 신분증 속 사진은 상욱이 아는 도현의 얼굴이 아니었을 뿐만 아니라, 나이도 더 많았다. 도현이 출생신고가 되어있지 않다는 건 알고 있었다. DNA 검사 결과 20대 남자와 40대 남자, 그리고 신원미상의 남자로 밝혀졌다. 상욱은 신원미상의 남자가 도현이라고 추측했다. 운화병원과 관련된 사건은 무조건 덮어야 했다.

산에서 발견된 3구의 시체. 특별한 것 없는 사건이었다. 상욱이 신경 써서 처리한 결과, 신변비관에 의한 동반자살로 사건이 종결됐다. 성범죄자, 배우 지망생, 등록 불명자의 죽음은 세간의 이목을 끌지 못했다.

"여기 계셨습니까."

준일이 상욱을 발견하고 묵례했다. 홍성 경찰서에서 3분 거리에 있는 작은 공원은 경찰들이 자주 산책하러 오는 곳이었다. 잎사귀가 무성한 큰 나무 밑에 벤치가 있어 머리 식히기 좋았다. 벤치에 앉은 준일은 상욱의 시선을 쫓아 타버린 운화병원을 쳐다봤다.

"걱정했던 거에 비해서 무사히 해결돼서 다행입니다."

"운이 좋았지. 깔끔하게 자멸했잖아."

일의 주축인 도현부터 대부분의 관계자가 죽었다. 겉으로 보기엔 이렇게 사건이 종결된 것 같지만 의문스러운 점이 있었다.

"불을 지른 놈은… 누굴까?"

상욱이 눈을 가늘게 뜨며 물었다. 준일도 깊은 생각
에 빠졌다. 대외적으로는 합선으로 인한 화재였지만 계
획된 방화가 분명했다. 도현이 살아있었다면 그가 한 짓
이라고 생각했을 것이다. 누가, 어떤 목적으로 운화병원
에 불을 질렀을까. 상담실의 컴퓨터와 CCTV가 녹아내
려 데이터를 모두 소실했다. 차트 역시 모두 타버리며 사
건은 미궁에 빠졌다.

"만약 무슨 목적이 있었다면 벌써 요구하지 않았을까
요? 그냥 일을 덮고 싶은 거 아닐까요."

운화병원에서 일어난 일을 덮기 위한 방화라면 서로
윈윈이었다. 그러나, 상욱은 마음에 걸리는 게 하나 더
있었다

"그 여자는 어떻게 된 거지? 언론사에 제보할 만도
한데 조용하니…"

상욱은 운화병원에서 도망쳐 나온 윤서를 떠올렸다.
장기를 적출당할 뻔하다가 경찰서로 도망쳤으나 경찰도
한패라서 도움을 주기는커녕 다시 운화병원에 넘기려고
했다. 언론사에 제보하면 사건에 연루된 사람들이 줄줄

이 경질될 일이었다.

"죄송합니다. 그때 놓치면 안 됐는데 제 불찰입니다."

준일이 상욱에게 고개 숙여 사과했다. 윤서를 잡기 위해 주민들에게 실종 문자메시지를 전송했으나 아무런 수확을 얻지 못했다. 이름도, 생년월일도 몰라 찾아낼 방법이 없었다.

"지금처럼 조용히 있으면 다행인데… 입을 다물고 있을 이유가 없잖아. 그게 수상하다는 거야."

"죽은 거 아닐까요? 그때 상태도 많이 안 좋아 보였잖아요."

"치명상은 아니었어. 죽었을 것 같진 않아."

상욱이 한숨을 내쉬었다.

"언제 터질지 모르는 시한폭탄 같아서 불안해. 혹시라도 그 여자가 세상 앞에 서는 순간, 우린 싹 다 모가지 날아가는 거야."

준일이 무거운 마음으로 고개를 끄덕였다. 상욱이 크게 한숨을 쉬며 자리에서 일어났다.

"들어가지."

상욱을 따라 준일도 일어났다. 홍성 경찰서로 복귀하는 동안 두 사람은 아무 말도 하지 않고 깊은 생각에 빠졌다. 경찰서에 도착한 그들은 문 앞에 놓인 쇼핑백을 발견했다.

"저 쇼핑백은…"

한 달에 한번, 도현이 돈을 상납할 때 사용하던 쇼핑백이었다. 시중에서 쉽게 볼 수 있는 쇼핑백이 아니라 자체 제작한 거라서 인상에 깊게 남아 있었다. 준일이 달려가 쇼핑백을 주웠다. 그 안에는 현금다발이 가득 들어있었다.

"경감님…"

준일이 낮게 그를 불렀다. 상욱은 현금 위에 놓인 쪽지를 발견해 꺼냈다.

그동안 감사했습니다.

준일이 쇼핑백을 상욱에게 넘기고 주위를 살폈다. 마침 후드 모자를 뒤집어쓰고 경찰서 앞을 지나가는 남자를 붙잡아 확인했으나 '그'가 아니었다. 상욱과 준일은 귀신에 홀린 표정으로 경찰서 문을 열고 들어갔다.

"안녕하십니까."

일주일 전, 새로 발령받은 안세정 순경이 큰 목소리

로 인사했다. 준일은 쇼핑백을 보여주며 물었다.

"안순경, 혹시 이 앞에 쇼핑백 두고 간 사람 봤어?"

"아니요. 보지 못했습니다. 무슨 일 있습니까?"

세정이 군기가 바짝 든 목소리로 대답하자, 준일은 고개를 저었다.

"됐어. 신경 쓰지 마."

상욱과 준일은 각자 자리에 앉았다. 한동안 무거운 정적이 경찰서 내부를 감돌았다.

* * *

"윤서야. 오늘 과 뒤풀이 있는데 안 올래?"

"미안. 선약이 있어서."

"아쉽네. 다음에 꼭 와!"

과 대표가 아쉬운 얼굴을 하고 돌아섰다. 윤서는 미련 없이 강의실을 빠져나왔다. 온통 초록이었던 교정이 울긋불긋하게 물들었다. 하늘이 높고 맑은, 청량한 가을이었다. 시간은 쏜살같이 흘렀다. 초여름에 있었던 악몽은 이따금 윤서를 괴롭혔다.

커다란 낚시가방에 3구의 시신을 담았다. 사망 시각

을 추정하지 못하도록 핫팩을 잔뜩 넣었다. 무거운 낚시 가방을 차에 싣고 야트막한 뒷산에 올라갔다. CCTV가 없는 걸 확인하고 시체를 유기했다. 그리고 도망치듯 산에서 내려왔다.

운화병원에서 겪은 일을 공론화할 수도 없었다. 윤서와 혜영도 완전무결하지 않았기 때문이다. 한동안 뉴스를 보는 게 무서웠다. 뒷산에서 3구의 시체가 발견됐다는 뉴스를 보고 잡히는 건 시간문제라고 생각했다. 일상생활을 하기 어려울 정도로 불안했다. 윤서는 대학교 수업을 듣는 중에 경찰이 들이닥쳐서 긴급 체포당하는 꿈도 꿀 정도였다. 길을 가다가 경찰을 만나면 무서워서 시선을 회피했다. 그러나 윤서의 걱정과 달리 사건은 크게 주목받지 못했다. 단순 자살로 사건이 종결되자, 가슴을 쓸어내렸다.

똑같이 끔찍한 일을 당했지만 더 큰 충격을 받은 건 혜영이었다. 우발적이라고 해도 주원을 죽이고 신체 훼손까지 했기 때문이다. 윤서는 극도로 불안해하는 혜영에게 당분간 같이 살자고 제안했다. 혜영은 오피스텔을 정리하고 윤서의 자취방으로 들어왔다.

윤서는 도현을 죽였다는 것에 대한 죄책감은 느끼지

않았다. 그를 힘들게 하는 건 오직 자헌이었다. 윤서는 자헌과 약속을 지키지 못했다. 구하러 가겠다고 해놓고 도와주지 못했다. 그날 새벽 운화병원에 화재가 발생했다는 뉴스를 보고 절망했다. 지하 엘리베이터 앞에서 발견된 시체가 총 4구였다는 걸 보고, 윤서는 마주쳤던 사람을 헤아렸다. 세미와 경호원, 신우, 그리고 마지막까지 싸우던 자헌과 민호의 모습이 떠올랐다. 운화병원에서 발견된 시신 중에 자헌이 없기만을 바라고 또 바랐다.

윤서는 지하철에서 내려 한참을 걸었다. 택시를 타도 되는 거리였지만, 걷고 싶었다. 그가 도착한 곳은 한강공원이었다. 해가 지기 시작하며 돗자리를 깔고 삼삼오오 모여서 맥주를 마시는 무리가 생겼다. 윤서는 편의점에서 맥주를 사서 벤치에 앉았다. 조명이 켜진 한강 다리에서는 분수가 뿜어져 나오고 있었다. 아름다운 야경을 보며 윤서가 맥주캔을 땄다.

"어디에 있는 한강공원에 가자는 건지 몰라서 여기로 왔어요."

윤서가 손목에 찬 묵주 팔찌를 만지며 혼잣말을 했다. 서울에 한강공원이 하나만 있는 게 아니다. 그래서 매주 다른 한강공원을 찾았다. 자헌과 만나길 기대하면서.

"살아있죠? 그렇게 생각하고 살 거예요. 이기적이라고 해도 좋아요."

자헌은 살아있다. 윤서는 평생 그렇게 생각하고 살 것이다. 그러지 않으면 죄책감 때문에 무너져 버릴 것 같았다. 자헌은 본인이 위험에 처할 걸 알면서도 윤서를 도왔다. 덕분에 운화병원에서 탈출하고, 목숨을 부지했다. 그래서 자헌도 살아있어야만 했다. 아무 사이도 아닌 여자를 구하겠다고 자신의 목숨까지 거는 건, 너무 무모했다. 그리고 너무 미안했다.

윤서는 자헌을 잘 알지 못한다. 어떤 음식을 좋아하는지, 좋아하는 스포츠가 있는지, 아는 게 없다. 자헌도 윤서에 대해서 잘 모른다. 그런데 어떻게 그렇게 할 수 있었을까. 그래서 자헌이 궁금했다. 험악하게 생겼지만, 속은 어떤 사람인지 알고 싶었다.

"기다리고 있을 테니까 언제든 와주세요."

목숨을 구해준 것에 대해 보답을 할 수 있는 날이 오기를. 윤서가 벤치 위로 두 다리를 올렸다. 무릎에 얼굴을 파묻고 한참을 훌쩍였다.

* * *

침대에 누운 혜영이 몸을 뒤척였다. 가슴 위에 돌덩이를 올려둔 것처럼 숨이 턱 막혀 억지로 눈이 떠졌다. 혜영은 자신의 몸을 짓누르는 게 사람이라는 걸 알아챘다. 어스름한 불빛 하나 없이 껌껌했지만 혜영은 그가 누군지 알 수 있었다.

"어, 어떻게…!"

혜영의 몸 위에 앉아있는 사람은 도현이었다. 잊고 싶어도 잊히지 않는 얼굴이 선명하게 보였다. 도현은 자신의 아래 깔린 혜영을 보며 비웃었다.

그러게 죽었는지 확실히 확인했어야지.

"그럴 리가, 주, 죽었는데! 여기는 어떻게 온 거야…"

그 사건 이후, 혜영은 오피스텔에서 나와 윤서와 함께 살았다. 새로운 집주소를 도현이 어떻게 알고 찾아왔는지 두려웠다.

내가 너 못 찾을 줄 알았지? 넌 내 손바닥 안이야.

도현의 큰 손이 혜영의 가냘픈 목을 조였다. 숨통을 조르는 손아귀에서 벗어나기 위해 몸을 버둥거렸으나 역부족이었다. 도현은 살기 위해 몸부림치는 혜영을 내려다보며 이죽거렸다.

네 피가 필요해.

"으…으 으…"
악력은 한층 강해졌다. 도현의 단단한 팔을 주먹으로 치고, 꼬집어도 요지부동이었다. 혜영은 당장이라도 숨이 넘어갈 것처럼 헐떡였다.

자기야.

주원의 목소리가 들리자, 혜영은 벼락이라도 맞은 듯 발작했다. 목을 조르고 있던 도현의 얼굴이 주원으로 변했다.

나 없으면 못 산다고 하더니… 잘살고 있네?

주원의 머리에서 흐른 피는 턱선을 타고 혜영의 얼굴 위로 떨어졌다. 마치 그날처럼, 주원의 머리가 깨져 피가 나고 있었다. 한때 사랑했던 남자였지만 이제 무서울 뿐이었다.

"아, 아니…"

아니야, 아니야, 아니야. 이건 현실이 아니야! 혜영이 좌우로 고개를 세차게 흔들었다. 주원의 얼굴은 도현이 되었고, 또다시 주원이 됐다. 현실과 환각을 구분할 수 없었다. 혜영이 괴로움에 발버둥 쳤다. 숨이 제대로 쉬어지지 않아 꺽꺽거렸다. 목이 뻣뻣해지며 고개가 뒤로 꺾였다. 악몽 같은 이 순간을 벗어나고 싶어 몸부림쳤다.

"언니!"

혜영을 현실 세계로 이끈 건 윤서의 목소리였다. 방이 밝아지면서 혜영을 괴롭히던 주원과 도현의 환영이 사라졌다. 전등을 켜고 다가온 윤서가 침대에 걸터앉아 걱정스러운 얼굴로 혜영을 내려다봤다.

"언니, 괜찮아?"

윤서는 땀에 절은 혜영의 머리카락을 넘겨주었다. 따뜻한 체온에 혜영은 안정을 되찾아갔다.

"윤서야… 고마워."

사건이 일어나고 어느새 3개월이 지났다. 혜영은 여전히 악몽에서 벗어나지 못했다. 잠에 들면 도현과 주원이 나타나 그를 괴롭히니, 불면증이 생겼다. 극심한 트라우마로 일상생활이 어려워 회사엔 병가를 내고 집에서 요양하는 중이었다. 혜영의 불안증세는 밤에 더 심해져서, 윤서는 약속을 마다하고 최대한 빨리 집에 와야했다. 윤서는 혜영의 손을 잡으며 말했다.

"언니. 괜찮아. 아무 일도 없을 거야."

"그들이 날 죽이러 올 거야."

"아니. 못 와. 그 사람들은 죽었어."

윤서가 혜영을 끌어안았다. 힘든 건 혜영만이 아니었다. 윤서도 정신적 충격이 컸다. 함께 도망치자고 했던 신우도 지키지 못했고, 자헌을 구하러 가겠다는 약속도 어겼다. 도현의 머리를 내리친 것도, 시체를 유기하자고 한 것도 윤서였다. 그러나 혜영이 너무 괴로워해서 윤서는 힘든 내색을 할 수 없었다. 사랑하는 언니를 위해, 윤서가 오롯이 짊어지고 갈 업보라고 생각했다.

"윤서야, 나는 지옥에 떨어질 거야…"

혜영이 울먹이는 목소리로 말했다. 윤서는 떨고 있는

혜영의 등을 부드럽게 쓰다듬었다. 죄의 무게는 아주 무거웠다. 앞으로도 두 사람을 좀먹어 들어갈 것이다. 행복한 날보다 힘든 날이 더 많을지도 모른다. 이런 짓을 저지르고 평범하게 살아갈 생각을 하면 안 됐다.

"나도 같이 가, 언니…"

한동안 혜영이 흐느끼는 소리가 들렸다. 죄책감에 몸부림치는 밤이었다.

에필로그
홍영병원의 비밀

경기 남부에 위치한 홍영병원은 최근 밀려드는 수술 상담으로 매우 바빴다. 운화병원이 화재로 사라지고 난 후, 고객이 급격히 늘어났다. 홍영병원의 상담실장 한재민의 걱정도 함께 늘었다. 운화병원에 방문해본 고객들은 하나부터 열까지 비교하며 따졌기 때문이다. 고객들이 보기에는 홍영병원과 운화병원은 비슷해 보였지만 달랐다. 홍영병원도 불법 장기이식 병원이지만, 판매자와 구매자를 이어주는 브로커에 가까웠다. 장기를 구하기 위해 노숙자가 많은 서울역이나 카지노 호텔, 유흥업소 등을 돌아다니며 돈이 급한 사람을 물색했다. 콩팥이나 신장, 간의 경우는 일부 절제해 타인에게 이식해도 살아가는데 문제가 없어 팔겠다고 하는 사람이 줄을 섰다. 그러나 각막이나 심장은 구하기 어려웠다. 특히 심장은 뇌사자의 가족을 접촉해야만 했다. 병상에 누워있는 환자를 병간호하는 가족에게 다가가 심장을 판매할 생각이 없냐고 물었다가 소금 맞고 쫓겨난 적도 많았다.

운화병원에서 수술한 지인이 있는 고객은 당장 일주일 내로 장기를 구해오라고 요구했다. 그렇게 빨리 구하기 어렵다고 말하면 운화병원은 해줬는데 여기는 왜 안되냐고 노발대발했다. VIP들은 홍영병원이 열심히 일을 하지 않아 장기를 못 구해온다고 생각했다. 그러니 재민으로선 죽을 노릇이었다. 단언컨대, 운화병원이 비정상적으로 빠르게 장기를 구한 것이다. 도대체 어떤 방법을 쓴 것인지 궁금할 정도였다. 운화병원의 화재 사고로 관계자가 모두 사망해 이젠 누구도 그 비밀을 알 수 없게 됐다.

"운화병원과 크게 다르지 않은 것 같네요."

'운화병원'이라는 단어에 상담 차트를 적던 재민의 손이 잠시 멈췄다. 이번 상담도 쉽지 않겠다는 생각이 들었다. 재민은 눈앞의 중년 여성을 쳐다봤다. 옷차림부터 풍기는 분위기까지 운화병원 고객다웠다. 딱 봐도 돈 많은 티가 나는 사모님은 우아하게 말했다.

"운화병원에서 장기를 구했다는 연락을 받았거든요. 그런데 그날 화재가 나서… 그뒤로 연락이 안 되더라고요."

재민이 볼펜 끝으로 테이블을 톡톡 내려쳤다. 운화병원에서 구한 물건이라니, 빨리 구해달라고 닦달할 확률이 높았다. 부디 심장이나 각막이 아니기만 빌었다.

"계약금도 날렸어요. 그런 사고가 있었으니 이해는 하지만… 좀 화가 나더라고요. 마냥 기다릴 수 없어서 다른 병원을 알아보다가 온 거예요."

"기대하셨을 텐데 너무 속상하셨겠어요."

재민이 감정을 담아 맞장구쳤다. 전직 강남 유명 호스트바 에이스 출신인 그는 부잣집 사모님의 비위를 맞추는데 도가 텄다. 화려한 언변뿐만 아니라 선이 굵고 화려한 마스크는 여성 고객들에게 눈요깃거리였다.

"홍영병원에서도 금방 구해줄 거라고 믿어요."

"최선을 다하겠습니다. 찾는 장기는 어떻게 되시나요?"

재민이 마른침을 삼켰다. 제발 구하기 쉬운 장기이기

를 바랐다.

"심장이요."

제기랄. 재민은 속으로 욕설을 내뱉었다. 내일 오전부터 서울역과 카지노에 사람을 풀어야 했다.

"사실 심장이면 구하기 어렵지 않다고 하던데 좀 문제가 있어요."

심장이 구하기 어렵지 않다는 말에 재민은 손에 들고 있던 볼펜을 집어던지고 싶었다. 운화병원 상담 실장을 찾아가 멱살이라고 잡고 흔들고 싶었다. 불법 장기이식 병원계의 황소개구리가 따로 없었다. 심장을 구하는 것도 어려운 일인데 문제까지 있다니 산 넘어 산이었다. 재민은 속마음과 달리 부드럽게 웃으며 물었다.

"무슨 문제가 있을까요?"

"회장님 혈액형이 바디바바디바 O형이라는 희귀혈액형이에요."

재민은 경희의 입에서 나온 말을 받아적기도 벅찼다. 희귀혈액형이라고 해서 rh-정도 들어봤지, 처음 들어보는 단어였다.

"대학병원에서 심장이식 수술을 하려고 해도 수혈팩이 충분하지 않아서 어렵다고 하더라고요. 그래서 여기까지 온 거예요."

재민은 대학병원에서도 고사한 수술을 받아준 운화병원이 놀라웠다. 큰 병원에서도 어렵다고 했는데 일개 개인병원에서 어떻게 가능했던 것일까. 재민은 운화병원의 비법이 정말 궁금했다.

"여기서도 구할 수 있겠죠? 운화병원에서도 금세 구한 거니까."

확신에 찬 목소리에, 재민의 입장이 난처해졌다. 솔직히 다른 병원을 알아보라고 권하고 싶지만 그럴 수 없었다. 그렇지 않아도 운화병원보다 장기 매칭율이 떨어진다고 암암리에 알려졌는데, 인정하는 꼴이 되기 때문이다.

"그럼요. 시간이 좀 걸릴 수는 있을 것 같은데… 최선을 다해서 구해보겠습니다."

바오밥나무인지, 바스크 치즈케이크인지 벌써 잊어버린 재민은 상담차트에 쓴 '바디바바디바 O형'이라는 글자를 눈에 담았다. 구해오는 건 브로커의 업무니까 신경 쓰지 않으려고 해도, 그들이 구하지 못하면 고객들은 재민에게 따지니 연관이 없다고 볼 수도 없었다. 우선 고객을 보내고 브로커들을 쪼아야 했다. 재민은 상담차트에 적힌 이름을 확인했다.

"예약자 성함은 양경희 님으로 해드리면 될까요?"

"네. 그렇게 해주세요."

경희가 한결 가벼워진 마음으로 고개를 끄덕였다. 걱정을 많이 했는데 홍영병원에서도 수술할 수 있다는 말을 들으니 속이 후련했다. 운화병원에서 화재만 일어나지 않았어도 벌써 수술을 마치고 회복 중이었을 거다.

"그럼 연락드리겠습니다. 먼 길 오시느라 고생 많으셨어요."

"서울로 병원 이전하는 것도 고려해 보세요. 이렇게 멀어서 고객들이 오기 힘들잖아요."

경희의 말에 재민은 속으로 투덜거렸다. 타지역 사람들은 병원 위치에 대해 말을 얹지 않는데 서울 거주자들만 불평했다. 부산에서 내원하는 고객도 있는데 서울에서 온 고객들은 고작 30분만 이동해도 멀다고 했다. 다행이라면 홍영병원은 이전을 앞두고 있다. 최근 많아진 고객 덕분에 많은 돈을 벌었기 때문이다. 재민은 살가운 목소리로 대답했다.

"내년에 서울로 이전할 계획이에요. 조심히 들어가세요."

"잘됐네요. 연락 기다릴게요."

경희가 상담실을 나가고, 재민은 상담 일지를 정리했다.

심장이식, 바디바바디바 O형.

아주 까다로운 의뢰였다. 재민은 주머니에서 핸드폰을 꺼내 들었다. 엄지손가락을 움직여 문자메시지를 작성했다.

오늘 저녁 서울 논정역에서 뵙겠습니다.

문자 메시지를 전송한 재민은 핸드폰을 테이블 위에 내려뒀다. 심부름센터 대표 광철이 소개시켜 준 장기밀매 브로커를 오늘 만나기로 했다. 기존 장기밀매 브로커들의 일처리가 시원치 않아서 기대됐다. 답 메시지는 금세 도착했다.

네.

무뚝뚝한 대답이었다. 메시지를 확인한 재민은 상담 차트를 정리했다. 야근하지 않으려면 지금부터 부지런하게 일해야 했다.

* * *

"여기 괜찮죠?"

재민이 옷걸이에 코트를 걸며 물었다. 고급스러운 분위기에 홍영병원의 병원장 조형관이 고개를 끄덕였다.

"기대했던 것보다 훨씬 좋네. 이런 장소는 어떻게 찾았어?"

연말을 맞아 고급 룸식당은 송년회 예약이 꽉 차 있었다. 조용하게 대화를 나눌 고급 식당을 찾던 중, 재민이 추천한 곳이었다. 형관은 급하게 예약한 식당이라 기대를 하지 않았는데 분위기가 좋아 흡족했다. 나중에 가족과 오기에도 좋아 보였다.

"제가 원래 미식가잖아요. 고급 식당은 제가 잘 알죠."

재민이 코를 찡끗하며 능글맞게 대답했다. 그는 전직 호스트바 에이스답게 부잣집 사모님과 비밀리에 만나는 일이 많았다. 보는 눈이 많기 때문에 프라이빗한 장소를 선호했고, 입이 고급인 사모님들의 비위를 맞추기 위해 음식 퀄리티도 신경 써야 했다. 그러다 보니 VIP를 모실 고급 식당을 잘 알았다.

형관은 긴장한 기색이 역력했다. 장기밀매 브로커들은 아무리 만나도 익숙해지지 않았다. 일의 특성상 험악하게 생기고 거친 사람들이 많았기 때문이다. 형관도 장기밀매 범죄에 일조하는 사람 중 하나였지만, 교양 없는 건 딱 질색이었다. 온몸 가득 문신하고, 실내에서 흡연하며 욕설을 내뱉는 브로커들만 봐서 인식이 안 좋을 수밖에 없었다. 굳은 형관의 표정을 본 재민은 너스레를 떨며 말했다.

"병원장님. 인상 좀 펴요. 브로커 만나는 거 싫어하시는 건 알지만, 비즈니스의 일환이잖아요."

"수익 분배만 정리하면 될 테니, 빨리 이야기 나누고 자리를 파하지."

"네. 기존 브로커들은 일을 너무 못해서 이번에는 좀 달랐으면 좋겠어요. 그래도 박 대표가 호언장담했으니, 능력은 좋을 것 같아요."

"너무 기대하지 말자고."

형관이 이 일에 발을 담근 지도 벌써 5년째였다. 그동안 수많은 브로커를 만나봤지만 끝이 좋지 않았다. 수익 분배에 대해서 딴지를 걸기도 했고, 제 날짜에 장기를 구해오겠다는 약속을 어기는 일도 허다했다. 이번에 만나는 브로커도 별반 다를 거 없을 거라고 생각하는 편이 나았다.

똑똑. 노크소리에 재민과 형관의 눈이 마주쳤다. 문이 열리자, 두 사람은 자리에서 일어나 인사했다.

"안녕하세요."

문을 열고 들어온 남자는 꾸벅 고개를 숙여 인사했다. 자리에 앉으며 모자와 목도리를 벗자, 민호의 얼굴이 드러났다. 형관과 재민의 시선은 자연스럽게 그의 얼굴을 향했다. 브로커라고 하기에 너무 곱상한 외모였다. 두 사람의 시선에 민호가 입을 열었다.

"…왜 그렇게 쳐다보시죠?"

처음 보는 사람을 빤히 쳐다보는 건 실례다. 민호의 질문에 재민이 형관을 쳐다보며 변명했다.

"아, 아뇨. 이런 말씀 드리는 거 이상해 보일 수도 있는데, 굉장히 미남이시네요. 이런 이야기 자주 들어보셨죠?"

재민은 민호의 얼굴을 찬찬히 뜯어보았다. 호스트바에 다니면서 모델지망생, 무명 연예인 등 잘생긴 남자를 숱하게 봤지만 감히 비교할 수 없는 외모였다. 얇게 쌍꺼풀진 눈, 중심을 잘 잡아주는 코라인, 모난 거 없이 부드럽고 갸름한 얼굴선은 수술로 만들고 싶어도 만들 수 없는 것이었다. 성형감별사 재민이 뜯어본 결과 완벽한 자연미남이었다.

"…"

재민의 칭찬에 민호는 반응하지 않았다. 무시한 것이 아니라, 왜 이런 말을 자신에게 하는 줄 모르겠다는 태도였다. 잘생겼지만 말재간은 없는 남자구나. 재민은 화제를 돌렸다.

"장윤호 씨 맞죠? 연락드렸던 한재민입니다. 병원장님과 함께 나왔어요."

"처음 뵙겠습니다."

민호가 재민과 형관을 향해 인사했다.

"빨리 뵙고 이야기를 나누고 싶었어요. 수술 예약은 많은데 브로커들이 물건을 소화하지 못해서 곤란한 상황이거든요. 운화병원 사건, 들으셨죠?"

재민이 운화병원을 언급하자, 민호가 빙긋 웃으며 고

개를 끄덕였다.

"운화병원 고객을 빼앗아 온 건 좋은데 물건을 구하기가 너무 어려워요. 운화병원이 말도 안 되게 물건을 구해왔던 건데, 고객들은 그걸 모르니까 당연한 줄 알아요."

분위기도 풀 겸, 재민이 이야기를 주도해 나갔다. 민호는 조용히 듣고 있을 뿐이었다.

"오늘은 바디바바디바라는 희귀혈액형을 찾는 고객도 온 거 있죠? 운화병원에서 구한 물건이라면서 우리도 구할 수 있냐고 하는데 일단 구해보겠다고 했죠. 못 구한다고 하면 모양 빠지잖아요."

재민은 은근히 민호를 떠보며 말했다. 홍영병원에서 원하는 브로커는 희귀혈액형도 턱턱 구해올 수 있어야 한다는 무언의 압박이었다.

"운화병원에서는 물건을 어떻게 구했을까요? 비행기 타고 중국도 가봤지만 그렇게 빨리 구할 수 없던데…"

딱히 대답을 바라고 한 말은 아니었다. 그때까지 조용했던 민호가 표정을 부드럽게 풀며 말했다.

"그는 대단한 사람이니까요."

민호가 그를 떠올리자 눈빛이 변했다. 그는 운화병원

의 왕이 아니라, 신(神)이었다. 전지전능한 신. 신이 고난을 겪을 때, 가장 먼저 달려간 것은 민호였다. 이건 운명이었다. 민호가 의사로 태어난 것은 사경을 헤매는 신을 살리기 위함이었다.

신은 자신을 도운 가련한 자를 외면하지 않았다. 지은 죄를 회개하게 해줬으며, 덕분에 민호는 다시 태어났다. 자신이 집착하던 것들이 얼마나 부질없는지 깨달았다. 가족도, 의사면허증도 민호에게 중요한 게 아니었다. 오히려 억압하는 족쇄였다. 그는 민호가 과거를 버리고 새 신분으로 살아갈 기회를 줬다. 평생 갚을 수 없는 은혜를 베풀었다.

"어… 아는 분이에요?"

순식간에 달라진 분위기에 재민이 물었다. 민호는 대답하지 않고 조용히 웃었다. 재민은 민호의 태도가 기괴하게 느껴져 말을 돌렸다.

"시장하실 텐데 제가 너무 떠들었죠? 여기가 코스요리가 유명한 곳이거든요. 3인으로 주문할게요."

"한 사람 더 올 거예요."

"아, 한 분이 더 계세요?"

재민은 혼자 일하는 브로커만 봐서 다른 사람이 올

거라곤 생각하지 못했다. 혼자 일하든, 두 명이 일하든, 일만 잘하면 된다. 재민은 민호에게 동료가 언제 도착하는지 물어보려고 했다.

똑똑. 노크 소리와 함께 문이 열리고 장신의 남자가 들어왔다. 남자의 얼굴을 확인한 민호의 눈에는 경외심이 어렸다.

"왔어요?"

민호가 자신의 신을 반겼다.

작가의 말

제 두 번째 소설 〈ㅈㄱ거래〉를 읽어주셔서 대단히 감사합니다. 〈ㅈㄱ거래〉는 2023년 봄부터 구상한 이야기인데요. 2023년이 지나기 전에 출간하려고 했는데, 조금 미뤄져서 2024년 2월에 세상에 나왔습니다. 그만큼 캐릭터 설정과 스토리가 많이 바뀌었어요. 나이, 외모, 국적, 성별까지 싹 바꿨어요. 초고와 비교해서 추가한 내용도 있고, 뺀 내용도 있는데요. 혜영과 남자친구 주원의 에피소드를 많이 줄였습니다. 운화병원에서 윤서와 자헌의 에피소드, 민호의 정신이 완전히 붕괴된 후의 에피소드는 흐름을 방해할 것 같아서 제외했어요. 인물들의 갈등을 촘촘하게 설정하되, 복잡하기보다 쉽게 이야기를 풀어가고자 했는데 제 뜻대로 잘 됐을지 모르겠네요. 재미있게 봐주셨다면 정말 기쁠 것 같아요.

〈ㅈㄱ거래〉를 준비하면서 고민했던 게, 아무래도 〈대리운전〉에 비해 소재가 많이 세고 잔인하다는 거였어요. 스토리 진행을 위해 어쩔 수 없이 폭력이 많이 들어가기도 했고요. 매운맛으로 나눠보자면, 〈ㅈㄱ거래〉는 아마 4단계라고 생각합니다. 〈대리운전〉은 1단계일 것 같네요.

저는 다작하는 작가가 되고 싶어요. 그래서 다음 글도 열심히 쓰고 있습니다. 역시 제가 제일 좋아하는 범죄 스릴러고, 매운맛 등급은 2단계로 예상됩니다. 빠르면 올해 말이나, 늦어도 2025년 초에는 출간하는 걸 목표로 하고 있어요. 기대해 주신다면 정말 감사할 것 같아요.

그리고 블로그나 SNS에 올려주신 리뷰 빠짐없이 읽고 있어요. 제 글을 읽어주셨다는 것만으로도 감사한데 좋은 리뷰까지 올려주셔서 읽는 동안 진심으로 행복했어요. 더 재미있는 글을 쓸 수 있도록 노력하겠습니다. 다음에 또 인사드리겠습니다. 감사합니다.

ㅈㄱ거래

전자책 발행 2024년 2월 1일
초판 1쇄 발행 2024년 3월 15일

지은이 이나래
교정 래빗63
디자인 호랭이
펴낸곳 미싱링크
출판등록 2023년 3월 15일 제393-2023-000015호
후원 경기도, 경기문화재단
이메일 missing_link1@naver.com

copyright ⓒ 이나래 2024

ISBN 979-11-986481-1-2(03810)
잘못 만들어진 책은 구입한 곳에서 교환해드립니다.